# Os elefantes viriam pela manhã

Rogério Faria Tavares
(ORGANIZADOR)

# Os elefantes viriam pela manhã

Treze contos
à procura de
**Dalton Trevisan**

autêntica

Copyright © 2025 Rogério Faria Tavares
Copyright desta edição © 2025 Autêntica Editora

Todos os direitos reservados pela Autêntica Editora Ltda. Nenhuma parte desta publicação poderá ser reproduzida, seja por meios mecânicos, eletrônicos, seja via cópia xerográfica, sem a autorização prévia da Editora.

EDITORES RESPONSÁVEIS
*Rejane Dias*
*Schneider Carpeggiani*

REVISÃO
*Aline Sobreira*

CAPA
*Diogo Droschi*
*(sobre imagem de Adobe Stock)*

DIAGRAMAÇÃO
*Guilherme Fagundes*

**Dados Internacionais de Catalogação na Publicação (CIP)**
**(Câmara Brasileira do Livro, SP, Brasil)**

Os elefantes viriam pela manhã : treze contos à procura de Dalton Trevisan / Rogério Faria Tavares (organizador). -- Belo Horizonte, MG : Autêntica Editora, 2025.

Vários autores.

ISBN 978-65-5928-575-4

1. Contos brasileiros - Coletâneas 2. Trevisan, Dalton, 1925-2024 I. Faria Tavares, Rogério.

25-266502            CDD-B869.308

**Índices para catálogo sistemático:**
1. Antologia : Contos : Literatura brasileira B869.308

Cibele Maria Dias - Bibliotecária - CRB-8/9427

**Belo Horizonte**
Rua Carlos Turner, 420
Silveira . 31140-520
Belo Horizonte . MG
Tel.: (55 31) 3465 4500

**São Paulo**
Av. Paulista, 2.073 . Conjunto Nacional
Horsa I . Salas 404-406 . Bela Vista
01311-940 . São Paulo . SP
Tel.: (55 11) 3034 4468

www.grupoautentica.com.br
SAC: atendimentoleitor@grupoautentica.com.br

7   Apresentação
    **Para ecoar os cantos da corruíra...**
    *Rogério Faria Tavares*

11  **Januária**
    *Noemi Jaffe*

15  **Sete haicais**
    *Caetano W. Galindo*

21  **A perfumista**
    *Carlos Marcelo*

33  **Gangrena**
    *Adelaide Ivánova*

43  **Lady Nosferatu**
    *Cristhiano Aguiar*

51  **Aula de canto**
    *Luci Collin*

69  **Patachou**
    *Mateus Baldi*

79  **João, Maria, Joaquim**
    *Veronica Stigger*

91  **O gateiro**
*Luís Henrique Pellanda*

105  **Licença, nada**
*Ana Elisa Ribeiro*

113  **A noite do guarda-chuva**
*Rogério Pereira*

121  **99 daltônicas**
*Marcelino Freire*

135  **Sem mais perguntas**
*João Anzanello Carrascoza*

139  **Sobre os autores**

## Apresentação
# Para ecoar os cantos da corruíra...

*Rogério Faria Tavares**

Em cerca de 80 anos de vida literária, Dalton Trevisan publicou mais de 50 livros, entre 1945 e 2024. Rigoroso, avesso a concessões, sua intensa produção escrita conviveu, desde o começo, com uma de suas famosas obsessões: a reescrita. Não foram poucas as vezes que emendou ou alterou seus contos, num trabalho incessante, de que nunca abriu mão. Intrigado com a potência (ou impotência) da linguagem, passou uma existência forçando seus limites, alargando suas possibilidades, torcendo seus efeitos, explorando algumas de suas nuances, como a insinuação, a elipse, a lacuna, a pausa, o não dito e o maldito, o fragmento, o silêncio. O resultado foi a monumental obra que ergueu, praticamente recluso – até quase o final – na casa da Rua Ubaldino do Amaral, 487, onde passou nove décadas.

Foi exatamente sobre esse robusto patrimônio cultural brasileiro que se debruçaram os contistas convidados a dialogar, neste volume, com os textos de Dalton Trevisan, de certo modo "reescrevendo-os", cada um à sua maneira, numa evocação a uma atitude tão típica do curitibano. Como num palimpsesto, é possível enxergar estas 13 histórias dispostas umas sobre as outras, e todas elas sobre aquelas escritas por Dalton, incidindo sobre os rastros por ele deixados, rasurando-os e modificando seus aspectos, fazendo ecoar os cantos da corruíra, modulando seus tons, trocando suas penas...

De variadas origens, formações e trajetórias, mas igualmente generosos, os contistas convidados aceitaram o desafio de abrir novas perspectivas para se relacionar com o repertório daltoniano, percorrendo seu complexo e fascinante universo e levantando boas pistas sobre ele, num gesto de desbravamento, mas também de invenção de outros mundos a partir daqueles gerados pelo autor do *Cemitério dos elefantes*. A consequência pretendida se confirmou: esta coletânea oferece criativos e inesperados pontos de acesso à prosa de Dalton – não sem refletir sobre ela, não sem mirá-la criticamente, não sem gentilmente convidá-la a figurar nos debates que se travam na atualidade.

Província, cárcere e lar, Curitiba habita cada uma das páginas deste livro, mesmo que ele vague por outras partes do país, ganhando o contorno de imprevistas geografias, como a São Paulo de Noemi Jaffe, o Recife de Adelaide Ivánova, a Campina Grande de Cristhiano Aguiar ou a Belo Horizonte de Carlos Marcelo, vista em 1947. Cenário para as ilusões e os desencantos de tantos "pobres diabos", a capital do Paraná é detalhadamente retratada na trama *joyceana* de Luci Collin; é por onde desliza o gateiro de Luís Henrique Pellanda; por onde circulam a mítica Patachou e o revivido Dario, de Mateus Baldi, e onde sofrem, sem trégua, o "menino magricelo" e a "polaquinha", de Rogério Pereira.

O violento cotidiano da metrópole começa pelas manhãs pintadas por Ana Elisa Ribeiro, e continua até a madrugada, nas noites insones e enluaradas de João Anzanello Carrascoza. Está na realidade e nos palcos da vida, sobretudo nos embates entre mulheres e homens, montados por Veronica Stigger e encenados por João, Maria e Joaquim. Irresistível, aqui, adiantar que a Maria de Verônica vai à forra, bem como a protagonista de Ana Elisa; a Jéssica Eduarda, de Adelaide Ivánova; e a Lúcia (Lady Nosferatu), de Cristhiano.

Os haicais de Caetano W. Galindo e as 99 daltônicas de Marcelino Freire homenageiam a longa jornada do autor em busca do máximo significado na forma ideal, na economia, na condensação e na síntese, em olhares que capturam momentos fundamentais da trajetória de Dalton, sempre arredio a filiações ou a modismos, invariavelmente fiel a si mesmo e à sua vontade de experimentação, em plena liberdade e renovado vigor.

Dalton se foi em 9 de dezembro de 2024, pouco mais de seis meses antes de completar seu centenário, em 14 de junho. Sua falta não foi sentida somente nas ruas de Curitiba, por onde costumava caminhar com grande frequência, quase sempre incógnito, de boné e óculos escuros, recolhendo (sugando…), discretamente, das praças, dos parques, dos bares e das lojas, a vital inspiração para o desenvolvimento de seu ofício. Foi lamentada em todo o país. Seu legado, entretanto, tem força suficiente para impactar, ainda, diversas gerações de leitores. Se esta coletânea contribuir, de algum modo, para que a voz desse notável autor permaneça ressoando, ela terá cumprido, com satisfação, o seu objetivo.

*Jornalista. Doutor em Literatura.*
*Membro da Academia Mineira de Letras.*

# Januária

*Noemi Jaffe*

Do que Januária mais gostou, chegando a São Paulo, foi de andar de elevador. Teve o caminhão dos bombeiros, o liquidificador da casa da dona Iolanda e o isqueiro, mas esses ficaram em segundo, terceiro e quarto lugares. O campeão era, de longe, o elevador.

Um carro que sobe e desce e que leva a gente do inferno do subsolo até o paraíso da diretoria. Não é como esses carros da rua que só sabem ir para a frente e para trás. Isso eu também sei, Januária ria.

No começo dos anos 1960, recém-chegada, ela inventou para si mesma um campeonato. Se preparava a semana inteira escolhendo roupa e maquiagem para participar de mais uma etapa do "Grande Prêmio de Coisa mais Bonita do Mundo": Viaduto do Chá, Estátua do Borba Gato, Jardim da Luz, Museu do Ipiranga. Mas, quando ela conheceu o elevador do Mappin, nada chegou aos pés.

Todo sábado, das duas às cinco, Januária subia e descia, acompanhando os movimentos do ascensorista e decorando suas formas de anunciar as mercadorias a cada andar. O dia mais lindo foi quando o Honorato lhe ensinou a dizer "ascensorista", aquele que faz ascender, Januária. Acender, Seu Honorato, Januária perguntou, se encher de luz? É como se fosse, ele filosofou, mas se escreve de outro jeito.

Então é como ir à igreja, como orar, só que não eleva só o espírito da gente, mas o corpo também, não é verdade?, a Januária quase dava pulos no sapato novo de salto branco, com uma tira no meio. O Honorato era o único que falava as mercadorias tintim por tintim. Os outros não, diziam generalidades. Primeiro andar: roupas e calçados femininos. Segundo andar: roupas e sapatos masculinos e roupas de baixo. Terceiro andar: brinquedos. Que graça tinha?

O Honorato não. Falava rápido e claro, detalhando todos os produtos. Januária repetia devagar, antes de adormecer, olhando para as ripas do teto e tentando imitar a entonação, mas sem conseguir imitar a velocidade. Primeiro andar: blusas, saias, vestidos, conjuntinhos, tailleurs, roupas para o dia a dia e roupas para dias de festa, venha se enfeitar para a família, minha senhora; segundo andar: paletós, calças, ternos completos, meias, cintos e casacos para o homem que quer estar sempre bem-apresentado; terceiro andar: autoramas, bonecas, violão e flauta infantil, bolas de todos os tipos e tamanhos, jogos de tabuleiro para vocês, menino e menina que querem crescer inteligentes e com espírito esportivo. E a cada sábado ele mudava o lembrete, a lição de moral, a entonação e a ordem das mercadorias.

E deixava ela ficar, fingindo que não a via. Ela fingia que não via que ele via, mas via também. Tudo pelo espelho dourado do painel dos botões.

De vez em quando, Januária descia em algum andar e dava uma volta pelos salões, só para voltar e esperar o elevador. Como é bonito esperar o elevador, Januária pensava.

É como esperar a vinda de um anjo. A gente fica aqui, entre o inferno e as mercadorias, só sonhando. Imagina o dono do Mappin olhando de lá de cima, o mundo todo dele. O teatro, a praça, o viaduto, os camelôs, os passantes olhando as vitrines, comprando e pegando o elevador só até o penúltimo andar, o das roupas de festa.

Uma vez ela foi lá e as damas eram tão bonitas quanto o painel de botões. Todas de tailleur.

Januária bem que queria ter um tailleur para andar no elevador do Mappin, guiada pelo Honorato.

Não que ela fosse apaixonada. Era a coreografia: os giros para trás e para a frente a cada andar, a postura ereta, sentado naquele banquinho com estofado de tecido vermelho e a mão que apertava os botões iluminados e girava a manivela para o elevador subir ou descer e parar justo no lugar certo, encaixando a cabine com o andar. A forma como ele abria e fechava a porta pantográfica, os braços estendidos, o tecido do uniforme sem um vinco. Nunca que ela queria encontrar com ele lá fora, imagina, sem o quepe vermelho e preto, sem aqueles botões dourados na casaca.

Ontem Januária passou por onde era o Mappin. O prédio estava vazio e, pela vidraça, dava para ver o elevador.

Hoje, dona Januária não entra mais nos prédios. Não tem mais ascensorista, ninguém olha na sua cara e, se ela quiser chegar até o elevador, precisa passar pelos seguranças, mostrar a identidade, tirar uma foto, ganhar um crachá e passar por uma catraca. No hall de espera, ninguém olha na cara nem na roupa de ninguém. E o pior é que o elevador só para onde tem que parar.

Além do mais, o segurança me olha e não gosto que fiquem me olhando.

# Sete haicais

*Caetano W. Galindo*

— Comecei de Uber logo antes da pandemia. Maior azar.
...
— Isso. Chega parei de rodar. Fatal. Nem valia a pena.
...
— Sorte que um primo da minha mulher me achou quebra-galho numa funerária aí.
...
— Era pra ser de motorista, mas fui dando jeito de fazer de um tudo.
...
— Isso. Estética, higiene. Os tamponamentos.
...
— Gosto. Meio que emprego dos meus sonhos.
...
— Sério. Desde gurizinho. Não podia ver velório queria entrar. Passava com a mãe na frente duma igreja e se tinha guardamento não largava de azucrinar enquanto não me levasse pegar na mão do defunto.
...
— É. O meu irmão, o mais velho, é igualzinho. A gente sempre sonhava de trabalhar em funerária. Sorte isso da pandemia.
...
— Por causa do covid.
...

— Morria muita gente naquela época. Tava que era uma beleza.

*

A tipinha na porta do banheiro, mãos no meio das pernas amarfanhando o vestido de florinha.
— Mãe, apura! Apura, mãe, que eu tô apurada!

*

Ele estava bem na minha frente. Ali subindo a Ângelo Sampaio. Piá de vez. Devia ter uns 15. Magrelo. Pescoçudo. Montoeira de cabelo preto.
Calça bege, camiseta branca. Tênis gordo.
Curitiba sendo Curitiba, ele ia de guarda-chuvinha pendurado no pulso esquerdo.
Até ali estava só andando. Igual eu. Só que sem cachorro. Era mero um menino que andava na rua. Sábado de manhã, cedo demais, pouquíssimo movimento.
Foi aí que, na esquina lá na nossa frente, parou um carro e desceu uma guria. Da idade dele, provável, já que parecia mais velha. Devia ter visto o pescoçudo desde lá de dentro, antes do carro parar, porque abriu a porta (era o pai no volante?) já toda ouriçadinha, com um sorriso deslumbre, pessegueiro em flor, todinho pipilante de cotovia.
O menino eu não via. Se sorria.
Mas sabia.
Ele começou a querer acelerar o passo, meio sem saber se nem devia, enquanto ela, sem qualquer pejo, sem pudor e sem ressaibo (era daqui, a dita?), veio correndo Ângelo Sampaio abaixo, primeiro com os bracinhos esticados bem

duros do lado do corpo, ainda sorrindo aberto, estivesse vendo alumbração.

E foi aí que começou a dança dele. Solo ainda.

Aí que começou o bonitinho.

Porque foi nessa hora que o guri parou onde estava, travado. De repente decidiu que o melhor era esperar ali mais os segundos que ela ia chegar, decidiu que a vida dele ia chegar correndo, agora de braços estendidos.

E que cabia esperar.

Porque cabia esperar a vida chegar.

Mas tinha que se preparar, o piá. Você não recebe o abraço da vida assim de guarda-chuva estorvando a mão. E ele decidiu que tinha era que largar no chão o atravanco.

Mas Curitiba, curitibano.

Deu dois passos pressadinhos para a esquerda, até deixar o guarda-chuva. No chão, sim, mas protegido ao pé de um muro baixo. Paralelo bem certinho. E foi só então, cumprido o dever de civilidade, que ele voltou para o mesmíssimo ponto que ocupava segundos antes.

Mãos livres, peito aberto, sorriso que eu enxergava até pela nuca.

Esperando.

Braços livres bem abertos.

\*

O velho na cadeira de rodas, acordando. Fio de baba amarela entre queixo e japona.

– Crendiospai!

\*

Foi o cheiro que chamou a atenção primeiro.

Agachou ao lado do sofá, mão no joelho.

Azedo, amarelo. Vômito ralo, grumos aqui ali. Espuminha nojenta.

E ela ali debaixo, de lado, focinho ainda na poça fétida. Corpo inteiro abandonado. Olho aberto, entretanto.

Foi quando ele soube que precisava ter coragem.

Passou a mão pela cabeça da cachorra, segurou sua orelhinha morna.

Foi até a área de serviço pegar um pano para enxugar o chão, uma toalha para o focinho (áspero não merecia). Cortou com a toalha uns fios grossos que atavam a boca ao lago de bile.

A cabeça lhe pesava toda na mão esquerda.

Agora de joelho, sentado nos calcanhares, pensando na viagem que teria que fazer dali a pouco. Ela no colo.

O fim: até o fim.

Tão levinha agora.

Passou de novo a mão pela cabeça de pelo tão liso, segurou de novo a orelha entre os dedos. De novo. Pela última vez.

E de novo pela última vez.

Ela então ergueu o rabo um quase nada e deixou cair no chão de taco com um baque.

O som de uma mão que bate palmas.

*

— Desgracido, desgranhento. Não é que no dia em que ele faltou eu abri o armário da cozinha e tinha mesmo? Broinha de fubá mimoso! Cê mc crê? E eu que nem gosto!

*

Os dois na cozinha.
Dia frio. Luz cinzenta. Café. Ouvindinho aquela música de novo. A de sempre. Falando de tudo um pouco e pouco ou nada sobre um quase tudo.
Ninharias. Nugas. Mundos.
Longos silêncios.

*Broken windows, and empty hallways*

A filha.
O fim dos tempos.
O trabalho.
Apartamento novo: as cotovias.
Que bom escolhemos azulejos mais clarinhos. Que maravilha essa janela assim grandona.
– Tanto céu, meu anjo.
Uma pomba de repente subiu vertical como se estivesse testando a força das asas, girou para a esquerda e fez um arco amplo que a retirou do quadro da janela.
Mas a física, a gravidade, a lei das probabilidades…

*To help the needy, and show them the way*

Foi só esperar, e pouco depois ela veio zunindo de novo enquadrada, a coisa de um metro e meio da fachada do prédio.
Trocaram sorriso.
Nuvens chegando do leste. Só ele podia ver.

*Human kindness is overflowing…*

– Vem chuva, amor.

# A perfumista[1]

*Carlos Marcelo*

*Belo Horizonte, 1947*

– O senhor pode ajudar a gente?

A mãe, olhos graúdos, pescoço de cisne, unhas rubras, exibe vidros coloridos saltitantes na bolsa aberta. A filha, inocência em flor, vestido de bolotas azuis, fitinha cor-de-rosa nos cabelos negros, carrega boneca de cachos e um só braço. As duas a serpentear aromas entre mesas apinhadas de homens loquazes e cheios de certezas. Turba de escritores.

– Antes quero saber. O que faz da vida?

– Sou perfumista. Mas me mandaram embora. Uma mão na frente, outra com as essências.

Estou na mesa ao lado. Enquanto meus amigos se engalfinham por veleidades, acompanho a conversa.

---

[1] Este conto é livremente inspirado em fatos narrados pela editora Virgínia Lemos (1925-1999) no livro autobiográfico *A letra da minha vida: memórias de uma editora pioneira*. Primeira mulher à frente de uma editora no país, Virgínia marcou época com a Montanhesa Editora, fundamental na consolidação de Belo Horizonte na atividade literária brasileira no século XX. Além de publicar escritores locais que se tornaram cultuados, a exemplo de Eduardo Frieiro e Ademir Lins, a editora se notabilizou pelo êxito de vendas das coleções de livros de bolso, impressos em papel-jornal, com histórias de mistério, faroeste e ficção científica assinadas, sob pseudônimo, por grandes autores brasileiros.

— Suas clientes?

— Senhoras da alta, colegiais, modistas. E as estrangeiras da noite: espanholas, argentinas, polacas.

Ele não me vê. Apanha a carteira, escolhe uma nota de 100 e a entrega à mulher.

— Pode ficar com o troco se contar outra coisinha.

Sussurra. Não consigo escutar. Ela faz cara de surpresa. Pergunta se ele sabe onde fica a estação dos bondes.

— Daqui não conheço nada. Acabei de chegar.

— As moças que o senhor procura trabalham nas ruas abaixo da estação. Mas hoje vão começar mais tarde. Estão no cemitério.

— O que aconteceu?

— O senhor não leu os jornais?

Ele faz um muxoxo e aponta para outros congressistas.

— Passei o dia enfurnado em reuniões com esses aí.

Ela narra o ocorrido. Ele, absorto, a olhar detidamente o pescoço níveo.

— Cena de sangue. Mais não posso dizer por causa dela.

Escuto a pergunta que ela faz ao guardar o dinheiro em uma bolsinha de brim.

— Os senhores parecem muito distintos. Fazem o que da vida?

— Escrevemos. Mas a maioria parece gostar mais de falar do que de escrever.

Peço a conta. Para encontrar a carteira, retiro de minha bolsa pó compacto e outros itens femininos. A menina repara no estojo de maquiagem e estende a mão.

— Posso?

A mulher a adverte.

— Cecília, não incomode a moça.

Somente nesse momento o escritor me nota. Um amigo em comum havia alertado: ele se esquiva de estranhos, tenha cuidado ao abordá-lo.

Não falo com ele. Ainda não.

Passo a mão na cabeça da menina e me volto para a mulher, ambas alvas como cal.

– Sua filha?

A mãe confirma com um sorriso cansado.

– Meu tesouro. Agora tenho somente ela neste mundo.

À garota entrego meu batom.

– Quero ver se já conhece os truques de mulher.

A menina tinge de escarlate a boca da boneca. Morde os lábios. Aplica ruge nas bochechas rosadas e o brinquedo ganha rosto de madame.

– Cecília, você é uma pessoinha muito especial!

O homem nos observa. Sorve palavras, gestos, suspiros.

A mãe pede à filha para me agradecer e volta-se para o escritor.

– O senhor precisa de mais alguma coisa?

Ele balança a cabeça. Ela toca, suave, as costas da menina.

– Vamos, meu anjo?

Vidrinhos nas mãos, as duas somem por trás das mesas apinhadas. Um dos aromas dos frascos, contudo, fica no ar. Alfazema.

É a minha vez. Digo o meu nome. Ele não demonstra surpresa.

– O ilustrador da minha revista avisou que a senhora iria me procurar. Como me encontrou?

– Não foi difícil. Bar lotado de homens desacompanhados. Livros nas mesas, risos à larga, palavras ao léu. Só poderiam ser os congressistas.

O escritor sorri.

– Pois saiba que teve sorte. Estava de saída.

Pergunto se ele também irá ao coquetel de boas-vindas, os ônibus sairiam em 30 minutos para o Iate Golf Clube.

– Nem se fosse obrigatório.

Ele aponta para as mesas ao redor.

– Chopes, empadinhas e pastéis alimentando discussões intermináveis: rumos da arte no pós-guerra, ameaças à literatura diante da desordem generalizada do mundo... "Precisamos aprovar uma moção de solidariedade aos sobreviventes do último Congresso de Escritores da Checoslováquia..." Cáspite!

Inclina-se. Desabafa.

– Não sei o que faço aqui. Me interessam apenas as histórias de amor e crimes.

Tento revelar o motivo de minha abordagem.

– Então suponho que gostaria de conhecer o repórter policial que colabora com a minha editora. Ele escreve os livrinhos de uma das coleções mais bem-sucedidas dos últimos anos...

Sequer chego à proposta. Ele ignora minhas palavras.

– Mais tarde nos encontramos. Tenho outro afazer.

Ele pede a conta e me surpreende com uma pergunta.

– Consigo ir a pé da rua dos bordéis até o cemitério?

\*

Homens ocos, crânios cheios de palha, habitantes de terra defunta. Passadistas. Mal terminara o primeiro dia do congresso de escritores e ele já se sentia enfadado com o palavrório dos colegas. Dos modorrentos encontros com notáveis, havia guardado apenas o elogio do poeta mineiro à sua revista.

– A insubordinação de vocês é quase um espanto.

O comentário surgiu logo após a escolha dos integrantes das comissões temáticas. Quase foi parar, com o poeta, na comissão de assuntos políticos. Mas conseguiu escapulir e ingressou no grupo encarregado de discutir as relações da literatura com o teatro, o rádio, a imprensa, o cinema. O alívio pouco durou. Haveria infindáveis sessões plenárias, loas aos livreiros... Até corridas de cavalos constavam na programação oficial. Começava a se exasperar. Teria de se livrar daquele ambiente viciado em rapapés e galardões, sem serventia para a escrita.

Precisava das veias e do sangue da cidade.

Ele vai à banca e compra o vespertino. Passa os olhos nos filmes em cartaz: *Tudo isto e o céu também*, *Seu único pecado*, *Os melhores anos de nossas vidas*. Fica sabendo das bisbilhotices de Hollywood: o divórcio da estrela Greer Garson, a primeira gravidez da mulher do astro Burt Lancaster. Collant de cetim prateado, Jean Harlow ofusca as fotografias de mocinhas faceiras a sonhar com a coroa de rainha dos comerciários. Da página de anúncios avulsos ele recorta duas ofertas no mesmo endereço: um vestido de baile e um revólver Smith.

Dedica-se, com afinco, à seção de acontecimentos sociais. Transcursos de natalícios, comunicados de matrimônios. Avisos fúnebres; horários de féretros, velórios, sepultamentos. O último sufrágio, previsto para o entardecer, atiça interesse. Teria de se apressar.

Guarda o jornal. Entra em uma papelaria e é atraído pelo brilho de uma Parker 51. Uma vendedora o provoca.

– É a caneta mais desejada do mundo. Escreve suavemente, sem pressão. E acompanha uma tinta exclusiva, de secagem instantânea. O senhor fará uma excelente escolha.

Ele pergunta o preço. Quatrocentos e cinquenta cruzeiros, fim do encanto. Adquire um caderno e duas esferográficas.

Canetas no bolso da camisa, percorre ruas desertas até encarar subida acentuada e chegar à entrada do cemitério.

*Morituri mortuis.*

Em latim, os dizeres no pórtico do campo santo soam como advertência. Mas ele entra.

Ladeado por esculturas encravadas em mausoléus, caminha até avistar o que procura. O cortejo da cortesã estrangeira ocupa parte da alameda de palmeiras imperiais. Ele se mete entre dúzias de damas cobertas pelo negrume das vestes, de fora apenas antebraços e tornozelos.

Quantas lágrimas, tantas flores!

Embebeda-se com os suspiros de mocinhas temperadas com almíscar e açúcar, das profissionais com rugas admira os vincos no rosto e as mãos fatigadas. Segue com as putas carpideiras até a cova aberta em uma das quadras pares. De longe, encostado em um dos suntuosos jazigos perpétuos, acompanha a despedida.

Sob soluços e orações, a terra cobre o caixão.

Moças e velhas se abraçam depois de retirar os cílios para secar o pranto. Tristonhas, arrumam as meias de náilon e encaram o caminho de volta para mais um dia de labuta.

Atraído pelas inscrições nas campas, ele decide ficar. Pega uma das canetas e toma nota de nomes, lamentos, amores.

"Para sempre nosso amado querido. O amor de sua família perpetuou sua memória neste monumento. Ontem felicidade, hoje saudade: amanhã a esperança de nosso reencontro."

O vento agita as árvores, curva o cipreste robusto. Observado por um cristo triste de pés nus, ele copia no caderno o que foi gravado na campa.

"Companheira de lutas: tu agora és silêncio, eu no tormento. Resta-me somente descansar junto de ti. É esse o meu dever. Adeus. Até logo."

Ziguezagueia entre restos mortais de avelinos, cordélias, etelvinas, ozílios, quintilianos, miquelinas e candinhos até o sol, vencido pela iminência da noite, desistir do dia.

De súbito imerso na escuridão, não sabe como sair.

Ele avista uma claridade hesitante. Quer ir até a luzinha, mas escorrega no lodo incrustado entre jazigos.

Cai.

Ao se erguer, repara nas esculturas. Santos, anjos, marias, josés, jesus. Asa quebrada e mãos entrelaçadas, um dos anjinhos de mármore faz oração. Outro, braço estendido, aponta para o alto como a pedir clemência aos céus.

Apoiado em um busto de bigodes, ele vislumbra o topo de um domo. Aproxima-se e lê a placa.

Necrotério.

Ele olha para cima.

Da cobertura prateada, querubins tristes observam visitantes e recém-chegados à última das moradas.

O portão está aberto, o cheiro é agradável. Ninguém por perto. Sete degraus e ele entra no salão.

Iluminados pela nesga de luz a atravessar o vitral, dois esquifes repousam em bloco de mármore.

Um caixão, um caixãozinho.

O maior, véu de filó coberto de cravos e lírios. Gérberas encarnadas e amarelas no menor, laçarotes de fita cor-de-rosa nas alças de metal.

Ele chega mais perto e alisa o esquife diminuto como quem acaricia um angorá.

"Bem-aventurados os puros de coração, porque eles verão a Deus."

Planger de sino desfaz a quietude. No canto do salão, em cadeira de vime, uma boneca sem braço o encara.

Escuta pranto alto, soluçado, do lado de fora.

Coração salta.

Permanece quieto. Deixa passar os minutos.

O prantear agora é baixinho, quase acalanto.

Decide sair.

Nada mais ouve e nada vê.

Leva as mãos ao rosto. Sente, nos dedos que acariciaram o caixãozinho, a fragrância da pureza.

Ao longe, um ganido triste e insistente.

Desnorteado, ele tropeça no jazigo das missionárias, irmanadas na mesma cova. Afasta-se do túmulo das servas do Senhor e recosta-se no tronco do cipreste robusto. Tem dificuldade para localizar a alameda principal.

O vento a envergar as árvores mais frágeis sopra também as páginas do caderno.

Ele volta-se para o necrotério convertido em capela.

O luar projeta duas sombras no domo prateado. Irmãs na solidão da eternidade, elas jamais morreriam uma para outra.

"Filhinha querida, deixaste uma saudade imensa no coração."

Ventania gela o peito.

"Deus abençoa, mamãe."

Calafrio a trincar os ossos.

Ele tenta ignorar o que viu e escreveu.

De novo o uivo. Vem da quadra de sepultamentos recentes. Vai até lá.

Olho cego, um cão sarnento e saudoso lambe a lápide de seu dono.

Ele aperta o passo e chega à entrada do cemitério.

*Morituri mortuis.*

"Dos que vão morrer para os que estão mortos."

Atravessa o pórtico sem olhar para trás. Enxerga vultos em cada esquina da rua íngreme que desce na carreira até se enfiar num táxi.

De volta ao bar dos congressistas, o escritor aguarda a editora. Antes da conversa, pega o caderno. Lê as anotações e acrescenta uma sentença.

O demônio espreita os segredos que ninguém confessa.

\*

Com a língua desatada pela segunda dose de conhaque, eu me arrisco em comentários, alguns pouco lisonjeiros, sobre aspectos da revista do escritor.

– Não me agradam as filosofices. Muito menos as cartinhas elogiosas. O que gosto mesmo é de provocações como a análise da obra do simbolista: "Fazedor de versos borrifados em água de flor com sonoridade de sílabas de encher bochechas, criador de poemas de Dia-da-Árvore."

Ele fica todo gabola ao perceber que eu havia memorizado passagens de seu artigo.

"Representante da fase incolor de nossas letras: um poeta ausente na nossa literatura e do coração do povo."

– A senhora realmente...

– Virgínia. Me chame apenas de Virgínia.

– Belo nome: Virgínia. Você realmente gostou do meu artigo, não?

– Corajoso, desabrido. Faca no coração. Mas, como editora, não posso deixar de reparar nos anúncios. Joalherias, clínicas...

Ele me interrompe, sorrindo, para citar um dos anunciantes.

"Dr. Felisberto Farracha: clínica geral. Doenças de senhoras, partos e operações."

Eu também sorrio ao reconhecer os dizeres da publicidade.

– Um dos meus favoritos. Sem contar os diversos especialistas em moléstias internas de adultos e de crianças. E alfaiatarias, camisarias, colégios... Como consegue tantos anúncios?

O comércio está no sangue, ele conta. A revista funciona no mesmo endereço da vidraçaria da família.

– A Montanhesa também começou na casa de meu pai antes de encontrarmos um casarão na Floresta. Mas, no nosso caso, vivemos exclusivamente das palavras.

– Das palavras dos outros.

Ignoro a provocação. Discorro sobre os livros de bolso que sustentam as finanças da editora. Ele, aéreo, se distrai com os vultos delineados pela fumaça dos cigarros e charutos. Somente volta a prestar atenção quando, enfim, faço a proposta.

– Quero contratá-lo para escrever uma série de livros.

– Conte mais.

– Histórias para se ler no bonde ou no ônibus. Todas com o mesmo personagem de um de seus contos.

– Ah, é? Qual dos desgraçados? A velha querida? Ou o donzel que disputa o amor de uma jovem com o praça da cavalaria?

Quase deixo escapar o que realmente penso. Consideraria muito mais atraente a história do donzel se narrada pela moça que ele tenta seduzir, a tal das "nádegas cheias de carne". Consigo me conter.

– Nenhum desses. Quero uma série com o rapaz que bebe sangue de mulheres. O vampiro de piteira.[2]

---

[2] A contratação de Dalton Trevisan para escrever os "livrinhos de terror" da Montanhesa, narra Virgínia Lemos em suas memórias, não chegou a ser concretizada. "Dois meses depois de nosso encontro, recebi um envelope, enviado de Curitiba, contendo exemplares da revista *Joaquim* e uma carta de Trevisan." Na correspondência enviada a Virgínia,

Uma mão roliça em meu ombro me distrai. É Assis Miranda, o repórter policial, suor a grudar os cabelos na testa e pasta sebenta embaixo do braço.

— Desculpe pela demora. Hoje o dia foi infernal. Uma história daquelas!

O escritor se interessa.

— O que houve?

— Tragédia depois de tragédia. Uma dessas horas em que Deus desiste da humanidade e o diabo sai solto no mundo.

O repórter repousa a pasta na mesa e chama o garçom. Ordena um chope antes de iniciar o relato.

— Escrevi ontem a história do acidente fatal do ex-pracinha e da moça que o acompanhava. Uma dificuldade a retirada dos corpos entre as ferragens do Oldsmobile, algo realmente terrível.

O escritor havia lido a notícia.

— Estava com destaque na edição, inclusive com uma fotografia na primeira página.

Assis Miranda usa um guardanapo para enxugar a testa.

— Foi a abertura da seção "Na polícia e no pronto-socorro".

Cobra o chope e prossegue.

— Acontece que a tragédia não acabou no acidente. O morto era casado.

O garçom serve a bebida. Depois de um gole generoso, o repórter volta ao relato.

— Pois bem: ao saber que o marido tinha morrido no colo de uma biscate, a mulher dele se trancou em casa e

---

gentilmente, ele declina o convite: "Meus vampiros, pobrezinhos, sugam as almas apenas dos desafortunados nascidos na província, não têm forças para abrir asas em outras cidades".

misturou formicida à gasosa que serviu à filhota. Bebeu com ela e ainda ingeriu as essências dos perfumes que vendia. Uma tristeza o velório. A mãe durinha, a menina inerte ao lado dela, bonequinha aleijada no colo.

Assis Miranda esfrega as mãos nas calças.

– O cheiro de lavanda nos caixões era tão forte que impregnou o meu terno, estão sentindo?

É o mesmo cheiro que já estava no ar. Atônito, o escritor não responde. Murmura algumas frases e compreendo apenas a última delas.

– Se Deus esconde a chave do paraíso, nada mais é sagrado e tudo é permitido.[3]

De rompante, ele se ergue. Despede-se com um "adeus, até logo" e sem comentar minha proposta. Mas deixa, em cima da mesa, endereço anotado com caneta esferográfica. Pego o papel e meus dedos se impregnam de um aroma adocicado. Cheiro de pureza. Alfazema.

---

[3] Na carta enviada a Virgínia Lemos, Dalton Trevisan relembra o episódio ocorrido antes do encontro com a editora em Belo Horizonte durante o 2º Congresso Brasileiro de Escritores. "Fiquei tão assombrado com a minha visita ao cemitério que, ao retornar a Curitiba, escrevi, de um só rompante, uma historinha. Se gostar, pode publicá-la no primeiro número de sua revista", ofereceu, no bilhete anexado aos originais de "A perfumista". No livro de memórias, a editora explica por que não publicou o conto. "Alertada por um dos integrantes de nosso conselho editorial, constatei que Trevisan, travesso, havia reaproveitado frases e expressões incluídas no livro *Sonata ao luar* e na revista *Joaquim*. Fiquei preocupada e decidi pela não-publicação. Guardei os originais e a nossa correspondência, encerrada após comunicar minha desistência, em uma pasta. Muitos anos depois, ao organizar os arquivos da Montanhesa, uma de minhas funcionárias veio até mim para se queixar de um cheiro forte. Perguntou-me se alguém havia derramado perfume na pasta reservada a Trevisan."

# Gangrena

*Adelaide Ivánova*

Meu Deus, e agora? Será que é essa a deixa, é agora que eu me mexo, falo "com licença, moço", como se nada estivesse acontecendo, levanto, enfrento meu medo, sigo a vida? Ainda falta tanto chão até minha parada, que aperreio, desço aqui?, vou andando?, me viro pra chegar no trabalho a tempo?, pego um 99?, um mototáxi?, mas não tenho mais dinheiro, hoje é dia 27, puta merda. Minha perna direita tá começando a ficar dormente? É isso mermo? Quanto dura até que fique perigoso, vire gangrena, eu todinha podre, morta aqui merminho, pêi buf? Não, gangrena demora, demora mais do que o trajeto entre minha casa e o trabalho. Será? Sei não. Ficar imóvel 72 minutos não seria suficiente pra interromper a circulação de sangue e danificar um membro todo, dois, três membros, todos, aí eu na maca: "gangrena", diria o médico, "teremos que amputar", aí a enfermeira "mas, doutor, ela chegou aqui morta já", "ah, foi mermo kkk então precisa amputar nada não". Necrotério, xau.

Meu Deus, Jéssica Eduarda, volte pra realidade: a perna dormente, talvez as duas, o passageiro sentado de um lado, olhando um *reel* atrás do outro sem usar fone: podia tá acontecendo qualquer coisa nesse ônibus que ele num ia nem notar, aliás está acontecendo e ele não está notando;

o outro passageiro em pé, perto demais de mim, demais. Já não sinto mais as pernas, de imóvel há tanto tempo, e se eu me mexer um tiquinho ele vai achar que tô respondendo? Todo homem acha que tudo é sim, até o não. Eu quieta, ele acha que aceito. Eu me mexo, ele acha que aceito. Bom mermo era sumir.

    Será que eu tenho trombose? Alguém da minha família tem trombose? Se eu tiver trombose, eu tô lascada, mas acho que não. Quando eu quebrei o pé tive que ficar tomando umas injeções na barriga com uma agulha bem fininha, justamente pra evitar trombose, sendo que eu nunca tinha nem pensado nisso, trombose, kkk, eu belíssima, nova, saudável, cheia de colágeno, a circulação ótima, eu: eu tinha quebrado o pé numa festa porque subi num tijolo enquanto dançava, estava me amostrando pra um bóizinho, sendo que eu tinha namorado, meu namorado estava na festa, meu Deus, bem feito, isso foi castigo divino, o tijolo virou e eu quebrei o pé, quem me socorreu foi o namorado, que ainda não era corno mas viria a ser, anos depois, quando enchi ele de gaia por vingança, e foi ele quem aplicou, semanas a fio, antes das gaias vindouras, a injeção pra evitar trombose, menos quando eu tive que pegar um avião pra Recife, aí eu tive que me virar sozinha e me virei.

    Mas agora isso, esse macho aí, cujo rosto não consigo ver porque estou olhando pra frente, dura, mas vejo sua mão segurando no encosto do assento dianteiro, parece até que é pra me prender aqui, essa mão véia com cor de frango cru, eca, será que ele tem um revólver? Um canivete? Um soco inglês? Um paninho com éter? Um boa noite cinderela? Se ele der um murro na minha cara, será que dói? Será que vou perder um dente? Será que vai quebrar meu nariz, vai sair sangue, vai me deformar? Será que ele tem coragem ou está apenas contando com meu medo? Será que é meu medo que mantém ele em segurança, achando que pode fazer o que quiser e seguir fazendo? A arma dele não é outra a não ser meu próprio medo, mas dizer isso é me culpar? Se ele souber que eu não tenho medo, ou imaginar que eu não tenho medo, será que ele para? Será que quem terá medo é ele?

Eu podia dar um susto nele, fingir um ataque epilético, eu podia tirar minha roupa todinha agora, me fazer de doida, arriar as calças e cagar no pé dele, podia fazer um tolote fenomenal e deixar ele com tanto nojo, quem sabe até traumatizado, mais traumatizado do que ele está me traumatizando agora, mas eu tenho uma prisão de ventre que nem me fale, não cago direito desde que nasci, e acredito não cagar porque minha mãe também foi abusada, enquanto estava grávida, saímos eu e ela traumatizadas do rolê, eu já cheguei na vida traumatizada, saí do pipiu de mãe traumatizada, por isso que não cago nunca, só pode ser, não faço cocô jamais, nem no banheiro, nem no pé desse estrupício colado em mim agora. Mas ia ser tão bom, se eu conseguisse obrar no pé desse puto, o único problema ia ser que as pessoas iam dizer que eu tô importunando um inocente, o lânguido rapaz que estava apenas (demasiadamente) do meu lado num ônibus, mas o ônibus nem está tão cheio assim pra ele estar tão perto assim.

Uma vez eu estava sentada num ônibus em Recife, anos 1990, era sábado de manhã, quando um homem sentou exatamente do meu lado, sendo que o ônibus inteiro estava literal e completamente vazio, eu subi no ônibus no terminal, quer dizer, ali no Cais de Santa Rita, que é fim e começo, do tempo e do espaço, o primeiro ponto de todos, e também o último, onde você pega o primeiro e o último ônibus do dia, infinito Bacurau, o ponto que inicia a vida em Recife, o *ethos* recifense, as viagens municipais e temporais, eu ia iniciar aquela maravilhosa jornada entre o Recife Antigo das ilhas e o Recife Continental dos subúrbios, os ônibus que cruzam a história da minha cidade. Toda vez que pego um ônibus no Recife Antigo vou parar não na Encruzilhada, aonde geralmente quero chegar, mas em 1646, eu conspirando com minhas amigas pra jogar água fervendo nos holandeses, pra depois chegar com um quente e dois fervendo em 1817 e esculhambar os portugueses. Mas não consegui chegar nos sonhos porque aquele coroa se aproximou, se aboletou do meu lado, estragou minha fantasia. O desespero que dá. O sovaco que sua. E se esse velho tocar em mim, num ônibus vazio, ninguém pra testemunhar, eu faço o quê? Mas naquela época eu era feito uma cangaceirinha, olhei pra ele com desgosto, como quem diz "te orienta, véi safado", pulei do assento, literalmente pulei pro assento adiante, passando por cima do encosto do assento da frente, meio ninja, meio desengonçada, com as perna curta que eu tenho kkk e fui lá pra perto da cobradora, que não notou que eu quase tinha tido um infarto infantil, e seguiu-se viagem, o coroa lá atrás, o horror.

Eu tinha ido pro Recife Antigo atrás de um CD que eu tinha encomendado numa loja de disco chamada Vinil, eu tinha encomendado esse CD a Will, o vendedor que conhecia todas as músicas do mundo, ele odiava tudo que eu gostava, mas a gente se entendia, mais ou menos, ele era um pouco condescendente com meu mau gosto, eu era apenas uma colonizada que gostava mais de grunge do que devia, ele sabia melhor, mas enfim, eu tinha apenas 16 anos, fazer o que, tinha ido lá pela milésima vez pra ver se o CD com a gravação do show do Silverchair na República Tcheca, que eu tinha encomendado, tinha chegado, e não tinha, e ia voltar pra casa triste e de mãos vazias, mas, como era sábado, eu voltaria mais uma vez pro Recife Antigo, também de ônibus, mais tarde, no que seria a noite daquele mesmo dia do véio tarado, pra dançar a salvo com minhas amigas na Non Stop, a boate que era a versão mais *queer*, mais jovem e mais central do outro *point*, que era o Pina de Copacabana, que ficava na zona sul, que era longe da minha zona (a norte) e que reunia os macho HT do manguebit que, além de macho, eram bem mais velhos que a gente, bendizê uns 10 anos, eca, Deus me livre e guarde, eu nunca tive *daddy issues*, graças a Deus, eu gostava mermo era de grunge e de skatistas da minha idade, qualquer menino de 15 anos com bigode de sopa e bermuda frouxa com o rêgo de fora era suficiente pra fazer eu me apaixonar, e eu gostava de maconha, de loló e de licor de menta, mais de loló e licor de menta do que de maconha (na verdade eu gostava mesmo era de vodca mas vodca era mais caro, se bem que é importante ressaltar que não estamos falando aqui de Absolut, e sim de vodca barata, mas até a vodca barata era cara pra mim, pra todas nós, aos 16), mas a maconha era mesmo boa, não era esses prensado nojento que o povo fuma lá no Sudeste, era os camarãozinho cheiroso e puro que vinha do nosso próprio estado, do nosso polígono, viva Pernambuco.

 Falando em menta, que falta faz um spray de pimenta agora, eu ia acabar com a cara desse infeliz, aboletado aqui do meu lado. Meu spray de pimenta caiu do bolso da minha calça enquanto eu subia uma ladeira véia em Santa Teresa. A última vez que fui ao Rio de Janeiro foi 2016, mal saí da rodoviária e fui ver a presidenta falar, foi bonito, o golpe tinha acabado de acontecer, o golpe que foi articulado em Curitiba, cidade onde me encontro, onde vim pra trabalhar e onde tem um homem esfregando a rola no meu ombro agora mesmo, nesse ônibus. No Rio eu vi falar a presidenta que foi "impitimada" por causa de um arrombado em Curitiba, talvez tão ou mais podre do que esse aqui agorinha, esfregando a rola em mim em plena luz do dia, todo mundo indo pro trabalho. Curitiba, kkk. O Rio é uma doidice, tenho muita pena, coitado do Rio, não tenho pena de Curitiba, tenho um trabalho em Curitiba. Ainda bem que não nasci no Rio, é lindo, ok, tenho grandes amigos, ok, tive grandes bóizinhos, ok, mas que vudu, zulivre. Recife é ruim, mas é bom, é melhor, sei lá. Recife vai acabar por causa do aquecimento global, coitada, vai inundar, eu sou do Recife com vontade de chorar, e se eu tivesse em Recife agora isso ia tá acontecendo também, mas ia ser de outro jeito, talvez mais violento, mais na cara, isso tudo ia virar um grande barraco, eu ia fazer um pantim tão grande, eu ia cuspir na cara desse tarado, mas não sei, tô especulando, tudo é idílico quando a gente vai embora.

Quando algo semelhante me aconteceu em 2008 eu estava em Recife mas não fiz barraco algum, congelei, não gritei, mas que dei uns chutes, isso eu dei, mas depois desmaiei, quantas rimas, que horror. Tudo é ruim, macho é ruim, em todo canto, não tem isso, macho menos pior, macho é macho, e da Patagônia à Sibéria, que fique claro: prefiro o urso. Eu sei o que é congelar em Recife, e estou aprendendo nesse exato momento o que é congelar em Curitiba. *Fight or flight? Freeze!* Eu merminha, congelada, ex-cangaceira, bunda-mole, tudo me treinou pra isso, pra aceitar a violência, não mentalmente, não aceito, mas socialmente, a risadinha, o olhar baixo, os mil jeitos que desviamos diariamente desse monte de tarados, a vidinha deles seguindo, a nossa sempre aos trancos e barrancos. *Freeze* mas não pelo frio paranaense.

Será que se eu disser baixinho pro rapaz do meu lado "me ajude", ele vai mangar do meu "ajud", que não é "ajudj"? Será que ele vai dizer "sai daqui, paraíba"? Ou será que ele vai achar que é golpe, que eu não sou vítima de nada coisa nenhuma, que eu estou num complô com feminazis pra destruir a vida do pobre homem que está esfregando o pau em mim sem meu consentimento, e vai chamar a polícia pra controlar a paraíba barraqueira, e vão meter eu e o homem que está, nesse momento, me assediando, os dois, no mesmo xilindró? Capaz. E se nos meterem num camburão e jogarem uma bomba de gás dentro, como a polícia rodoviária fez com Genivaldo de Jesus do Santos, que Deus o tenha?

Ah, não, não vão fazer, o cara esfregando a rola em mim agorinha é mais branco que papel ofício, não prendem branco nesse país, vocês sabem, não preciso nem dizer. O único branco que prenderam no Brasil deve ter sido Lula, aliás prenderam Lula em Curitiba, onde exatamente agora tem um homem esfregando impunemente a rola em mim, no ônibus em que aliás eu tô indo pro trabalho, aliás ele tá esfregando a rola em mim como se nada, aliás Lula nem branco é.

Qual será o sobrenome do tarado? Se eu quiser dar queixa, preciso saber? Com licença, delegada, vim dar queixa. Contra quem? Sei não, um homem, qualquer um, todos. Tu não sabe nem o nome? Eu sei o meu: Jéssica Eduarda Bezerra da Silva, enfermeira, meu sobrenome é como todos os outros sobrenomes no Nordeste, eu sou prima de todo mundo, meu primeiro nome é duplo como todos os primeiros nomes do Nordeste, ou pelo menos os nomes dos meus 28 primos, de Márcia Aparecida a Paulo Afonso, pra citar só dois, senão não cabe nesse conto, mas isso não é um conto, é eu pensando em absolutamente tudo nos poucos minutos em que ele esfrega a rola em mim e eu negocio comigo mesma se reajo ou não, e como, e tudo que perco se decido reagir. A história do Brasil é essa.

O nome dela é Jéssica, eu já falei pra você, pai gostava da música, mãe achava chique o nome da carioca da novela, personagem branca e patroa, Eduarda, a outra era "morena jambo", como diziam antigamente. Brasil, teu sobrenome é Que B.O. da Silva. Antigamente diriam que eu sou "café com leite", às vezes mais café, às vezes mais leite, dependendo da época do ano, da região brasileira em que eu esteja, da instituição que olha pra mim. Em 1963 um cara chamado Marvin Harris catalogou quase 500 nomes com os quais os brasileiros descreviam a própria cor, qualquer coisa era melhor que preto, qualquer coisa que ajudasse a evitar que os outros notassem que eles eram pretos, não porque as pessoas se odiassem enquanto pretas, mas porque seriam odiadas por outras pessoas quanto mais oficial se fizesse aquele reconhecimento, se bem que uma hora te odeiam tanto que você começa a se odiar também, e a lista era longa, em 1976, o IBGE nos deu a oportunidade de descrever o tom da nossa própria pele, nos nossos próprios termos, e apareceram 136 variações, café com leite café sem leite jambo canela chocolate castanha, uma série de nomenclaturas que são o testemunho de uma dor profunda. Vovô era caboclo, a mãe dele indígena, do pai dele nada sabemos, vovô dizia que ele tinha a cor do barro da qual era a feita a casa dele, minha vó dizia que era descendente do marquês de Pombal, kkk, vovó só estudou até a segunda série, era agricultora do sertão da Paraíba, mas achava que o cabelo liso dela era sinal de linhagem nobre, en ein, chega faz pena, o Brasil é uma doidice. Meu pai, que eu não conheci pessoalmente, é bisneto dos Xukuru de Pesqueira e eu, que já fui do pequeno almoço à loucura, vim parar num ônibus na República de Curitiba onde um homem muito branco esfrega a rola em mim.

    Brasil Que Medo da Silva da Porra. Se eu gritar, vão dizer que eu tô fazendo confusão. Se eu não gritar, vão dizer que eu tava gostando. O medo não é do bicho-papão, do papangu de Bezerros, o medo é dos vampiros, dos parasitas, maus presidentes, maus poetas: esses homens. Essa gente: que não sai de seus castelos, seus engenhos, castelo de vidro, Faria Lima, Boa Viagem, o véi da Havan, esse infeliz do meu lado esfregando a rola, essa paralisia, os nomes todos no diminutivo, um sonegador de milhões, não é um ladrão, não é um estuprador, é um menino, é um idolozinho, Bruninho, Robinho, Nelsinho: que laia.

    Agora acabou, não é possível, que nojo, meu deus eca que negócio nojento, fez o que quis e pediu parada, lá vai ele, partir como todos os outros, incontáveis, irresponsabilizáveis, um menino. Sinto as agulhas no corpo todo, aquele negócio que não é nem calor nem frio pelo diafragma, como é mesmo o nome desse hormônio? Ódio-tonina kkk. Não caguei, não me fiz de doida, e se eu gritar agora, e mostrar meu ombro sujo, grudento? E se eu chamar a polícia, parar tudo? Os passageiros com ódio de mim, me chamando de barraqueira, de paraíba, e eu me atraso pro trabalho, e eles também, e meu chefe reclama, e os deles também, ninguém jamais vai entender o que é isso, essa batalha diária, meu corpo de mulher na rua, esse negociar dentro de si toda santa vez, "é hoje que eu revido?", "é hoje que eu mato um macho?", até que não mais, eu vou ter que matar esse cara, é o único jeito, mas se eu matar ninguém nunca mais me chamará de Jessiquinha, não não, os diminutivos e a meninez são reservadas pra eles, "Jessiquinha da Peixeira matou Nelsinho num ônibus a caminho do trabalho", a manchete, "deporta ela de volta pro Nordeste", diz o apresentador de programa de crime, candidato a vereador, já Nelsinho, coitado, coitadinho, tão inocente, tão inocentinho, um doce, um doce de menino esfregando seu pirulito no mundo, "'comigo não, violão', gritou a paraíba e meteu-lhe a faca", assim vai ser em todos os jornais, a manchete orientalista, viva a Palestina, viva o Nordeste, viva as mulheres etc., eu aqui *daydreaming* com um homicídio toda suja de gala, sonhando acordada com omi-cídio, lá foi ele, pediu parada e desceu, nesse ponto de ônibus limpinho e arrumadinho da republicazinha, ele, Nelsinho, vai-se embora branco e criminoso como se nada, e pra euzinha nada, nadinha, tudo isso, todo dia, levantar, limpar a blusa, engolir o sapo, a seco, dar meu expediente, chorar no banheiro no horário do almoço, voltar pra casa, amanhã tudo de novo, ganhar o pão, seguir a vida,

# Lady Nosferatu

*Cristhiano Aguiar*

*O meu amor por ti é uma noite de lua,*
*Misto de ódio e paixão com que repilo e quero*
Gilka Machado

– É verdade: eu já vi a vampira. A cada lua cheia, ela renasce na escuridão e sai pelas ruas pra caçar seus homens. Nossa heroína, ela se move pela sede. Sede de sangue, sede de homens. Há mais de uma mulher por aqui que acende uma vela pra ela!

Tínhamos passado o dia procurando locações em meio à arquitetura art déco do centro de Campina Grande. Era pré-produção da nossa filmagem dos contos do livro *O vampiro de Curitiba* numa ambientação paraibana. Estávamos numa dessas biroscas a que gente cult como nós vai para que possa se sentir intensa e autêntica. Cerveja gelada, caldinho de mocotó, boleros, garrafas de Pitu e Caranguejo em prateleiras chumbadas em paredes de azulejos brancos. Ventilador no teto, TV ligada, um cachorro marca VL bocejando do lado de fora.

Éramos uma única mesa de fêmeas cercada por cabras machos de todos os lados.

Eles não nos deixaram em paz.

Enviaram pelos garçons bilhetinhos e doses de cana; nos encaravam e davam risadas; estavam convictos de que eles eram os moranguinhos do Nordeste e que por eles qualquer uma de nós iria até pra guerra. Chegou num ponto em que um, bem bêbo já, se aproximou e ficou insistindo em se sentar na nossa mesa e puxar assunto. Nossas negativas não surtiam efeito até que uma amiga da diretora, que nos acompanhou nas procuras, botou o distintivo de delegada em cima da mesa – o caba botou o rabinho entre as pernas.

Era ela quem nos contava sobre a vampira verdadeira. Eu, a roteirista, ela, a delegada, e também a diretora éramos as mais velhas da equipe. As outras, meninas novinhas de 20 e poucos anos. A história da Vampira do Pastor, a "lenda" urbana mais famosa da Paraíba, a gente cresceu ouvindo aquilo. Mas as mais jovens não a conheciam, bichinhas.

Aconteceu nos anos 1980, em meio a mullets e discos do Legião Urbana.

Ela era a prenda do seu pai, pastor e fundador da igreja. Ela, a líder da mocidade da igreja. A mais virgem das virgens. Contava no coral. Evangelizava nos sinais das esquinas. Seu nome? Lúcia, em homenagem à bisavó materna. Seu pai, pastor; o avô, pastor; os dois bisavôs, também. A família tinha sangue crente, assim como a minha família, muito antes disso ser modinha. Lúcia, tão novinha, falava em ser missionária. Levar o Evangelho até a África islâmica, contrabandear Bíblias para os países comunistas. O pai a ouvia orgulhoso, mas dizia que ela, como futura funcionária da igreja, ou secretária de algum escritório, poderia glorificar a Cristo a partir do próprio bairro. Sua mãe, sempre indisposta, sempre com dor de cabeça e sonolenta, precisava com urgência de uma auxiliadora para os trabalhos da igreja.

Tão logo concluiu o ensino médio, Lúcia fez cursos técnicos de datilografia e secretariado. Moravam num bairro de classe média, sem luxos, quase do lado do templo. Seu pai frequentava a mesa dos políticos e empresários da cidade, mas nunca aceitou presentes deles, assim como desconfiava de dízimos muito altos para sua igreja. Mandava devolver a oferta, se fosse o caso: só queria ajuda naquilo que era necessário.

Foi aí que Lúcia conheceu Augusto – representante comercial, colares de ouro, bigodinho fino. Ficavam de conversinha no portão da igreja ou da casa, para desgosto dos pais. Dois meses daquela malemolência e a danada não só perdeu a virgindade no escurinho gostoso da traseira do fusca dele, escondidos debaixo de uma mangueira, como engravidou.

– Tô buchuda! – ela confessou, na sala de jantar da casa dos pais, em desespero. Lutero, o poodle da família, latia enquanto ela e a mãe choravam. Estava desgraçada, desviada, desencaminhada. – E agora, painho, e agora?

– E agora? E agora nada.

Lanças atravessaram as chagas abertas: na boca, a esponja embebida de vinagre. Não adiantou a mãe implorar, intermediar. O pai deu uma semana para a quenga sair de casa. A vergonha, grande demais. Seria expulsa da igreja, deixaria de ser membro dela; o conselho da igreja, presidido por ele, iniciaria o processo de expulsão. Não é porque se tratava de sua filha que abriria uma exceção. Arrumaria um quartinho num cortiço, a quilômetros dali, para ela morar. A filha teria uma mesada. Era pai, sabia que tinha que honrar com deveres.

– A igreja, como é seu dever, ama a adúltera. Mas não pode compactuar com ela – explicou. Estava rígido como uma estátua medieval, rígido como uma gárgula alemã antes que tivesse acontecido a Reforma.

E quanto a Augusto? É claro: tão logo soube, desapareceu. E confessou outro problema: tinha se esquecido de avisar, mas há anos estava comprometido pelo sagrado enlace do matrimônio. Um mês depois de ser expulsa de casa, Lúcia sangrou por dias até perder o feto. Lamentou. Sentia que na gestação havia uma santificação em curso. Sonhava com uma reconstrução. Sonhava com uma família, embora ainda do tamanho de um grão de mostarda. Talvez, se o filho tivesse nascido, Augusto teria voltado para os seus braços? Agora, qual vida restava? Sua esperança lhe escapava na forma de um anjo em dupla face – a do sonho, a da morte. No entanto, ao se ver livre da maternidade, ao encarar a perda, acho que Lúcia também enxergou, na face das águas, alívio. Talvez tenha entendido que todas nós ouvimos as trombetas dos céus e os cascos dos cavalos do apocalipse; que há mais de uma miragem quando a gente é lançada ao deserto.

Foi encontrada, no dia seguinte, pendurada no teto do quarto.

Quem a achou foi a mãe, que ia em segredo levar comida e um dinheirinho extra. Além de perdida, além de quenga, suicida: o pai não suportou a ideia. Semeou o segredo. Pagou cala-bocas, pediu favores. Dessa maneira, na noite seguinte, ele e a esposa se dedicaram a, entre relâmpagos e trovões de uma noite sem chuva e sem eletricidade (consideraram isso um afago de Deus em seus destinos miseráveis), enterrar a filha no quintal que tinham em casa, embaixo de um pé de carambola cheio de morcegos.

Tu já sabe o que vai acontecer.

No sétimo dia após ser enterrada, a menina se levantou. O pé nu pisava em carambolas podres, enquanto os morcegos lhe teciam uma grinalda de boas-vindas.

Os pais, que àquela altura mal trocavam palavras entre si, ao voltarem do culto a encontraram na sala de casa. Sentada à mesa. Do seu queixo escorria sangue. Ao seu lado, o poodle destroçado. Ela tinha encontrado o antigo vestido de noiva, mofado, da mãe, e o tinha vestido. Suas unhas, cheias de terra, repousavam de modo plácido na mesa de fórmica.

A mãe desmaiou, enquanto o pai conjurou os poderes de Deus. Mas aí é que está: nenhum vampiro se importa com coisas de cristianismo. Isso é coisa de filmes, dos livros. Hóstia, crucifixo, água benta, etc., mesmo um vampiro católico não ligaria tanto, imagina uma vampira criada num lar evangélico. Vampiros podem frequentar qualquer igreja, tranquilamente, por exemplo. Embora prefiram as noites (quem não prefere?), também caminham, com certo desconforto, mas caminham, durante o dia. Quem aqui não precisa usar protetor solar? Ou seja, nada demais. Lúcia, a gente conclui, voltou, porque devia voltar. E talvez até existissem desígnios misteriosos de Deus em ação...? Mistérios divinos dos subúrbios da Curitiba do Nordeste. Não sei. Eu acredito.

Sinto desapontar se digo que não tem mais nenhuma cena com os pais, digo, algo assim dramático. A mãe passou a bajular e a idolatrar a filha. O pai se apagou. Mal conseguia pregar, ou conduzir a igreja, tendo que ser substituído pelos pastores auxiliares. Lúcia voltou a frequentar a igreja, mesmo tendo sido expulsa. Quem ia ter coragem de barrar a entrada dela, ainda mais com aquela carinha de anemia? Volta e meia a mãe resgatava a filha dos banheiros do prédio anexo ao templo: lá estava ela agarrada com algum dos meninos pelas quais ela sempre fora apaixonada. Sua boca cravada no pescoço deles, ou nos seus pulsos. Bocas pingando.

Quanto a Augusto, é verdade que a morta-viva retornou com o firme propósito de conquistá-lo de volta. Venha, venha, meu amado, ela repetiria, os braços abertos, o olhar sedutor e os caninos à mostra, esse tipo de comportamento que todos esperamos das vampiras. Algumas noites depois do seu renascimento, Lúcia chegou a dar voltas ao redor da casa dele, tal qual os exércitos que derrubaram as muralhas de Jericó. Aí, pronta para entrar e dar o bote, decidiu prestar atenção, por uma das janelas, na cena doméstica. Viu Augusto, bêbado, o buchinho para fora, cercado pela esposa e três crianças pequenas.

Estupefata, sussurrou:

– Mas que coisa besta!

Nunca mais o viu. Em pouco tempo, cansou da igreja e deu aos pais a punição da indiferença. O resto, até o fim da vida deles, foi de silêncio. Nunca mais voltou ao pé de carambola.

A nossa vampira se tornou a delícia e a maldição da cidade. Foi como a música de Tigresa: Lúcia espalhava muito prazer e muita dor. Caçava os homens nas mesas ou nos balcões mal iluminados dos bares. Ou, então, se tornava um segredo compartilhado entre eles. Famintos, desesperados, atormentados de tesão, eles a encontravam no apartamento onde ela estivesse se escondendo, ou ela ia ao encontro deles. Mesmo se fossem solteiros (a maioria não era), trepar e ser sugado se tornava um segredo a ser vivido em hotéis baratos, nos motéis, nas traseiras de carros.

Para os homens, ela dava: o gozo e a dor e, se quisessem, uma linda morte. Eles chegavam envergonhados, buscando realizar as suas secretas fantasias; Lúcia os transformava em garotinhos – dentro dela habitava um reino infinito de imaginação. Dedos enfiados, cortes, manchas no pescoço, línguas ofegantes, trajes, urina, sangue, as pontas flamejantes de metais afiados – isto e *aquilo* e urros nas trevas, nomes picotados, desarticulação.

– Ai dona me mata me mata sou um cachorrinho...!
– E pouco depois o suplicante jazia morto, enquanto ela arrotava, dormente, pedaços de carne e de sangue.

Alguns ganhavam o beijo da morte sem solicitar. Dizem que a vampira apreciava colocar na linha, volta e meia, homens que não se comportassem bem. Que fossem violentos e desrespeitadores. As mulheres passaram a acender velas em sua homenagem. Assim, dois segredos: o das suplicantes e suas velas acessas, com feridas em suas peles e em seus corações; o dos homens, que vagavam, perdidos e em frenesi, em busca do poço de água-viva.

Nessa trama de segredos, a cidade mergulhava em sangue e tesão, a cidade, de olhos fechados, sussurrava: hoje à noite, só mais um pouquinho?

Me pergunto como ela se sente e no que ela pensa quando não está caçando ou chupando. Quando dorme, de olhos abertos, existe o direito ao sonho?

É de Deus tanto o anjo exterminador que matou os primogênitos do Egito, quanto é de Deus o anjo que cantou, no palco estrelado de Belém, as mil aleluias do nascimento de Cristo. Eu tenho piedade da vampira. Eu tenho medo. Tenho medo principalmente de ver na sua sede e nos seus assassinatos um lar. A liberdade dela, terrível, né? Mas dá um alívio saber que tem essa permissão lá, do lado de fora, lá na rua, sob o luar. Ela vive o terrível em nosso lugar para que nós não precisemos noivar tantas vezes com o desespero.

Dizem que ela mora nas ruínas de um cinema abandonado no centro – daí esse é o motivo para ele nunca ter sido reformado, ou demolido. Volta e meia tentam expulsá-la ou exorcizá-la. Sempre voltam atrás. É bem difícil, tu não acha?, abrir mão dos dentes do parasita que suga o que vive e pulsa no coração – como é gostosa uma ferida! Quem não gosta de arrancar casquinha de ferida? Feridinha mimosinha que nem queijo coalho com goiabada!

Isso tudo foi o resumo da história e dos nossos pensamentos sobre a história. Um bom tempo fofocando a respeito no boteco, até escurecer. Enquanto isso, o vira-latas, deitado na frente do bar, abanava o rabo e bocejava. Aí o cachorro se agitou. Juro (apesar do meu pastor falar ser pecado eu jurar), juro que vi um vulto – só podia ser ela, nossa amiga na noite.

Cambaleando, entrou um homem no bar. A mão segurava o próprio pescoço – sangue escorria. O bicho oscilou, oscilou e caiu em cima da nossa mesa. Um dos braços, o que estava livre, apoiou a queda e impediu que ele quebrasse a cara ali na mesa.

Todo mundo no bar ficou sem reação, como se Moisés tivesse visto as costas de Deus.

Eu e minhas duas amigas, a diretora e a delegada, olhamos para o cidadão sangrando (ele tava sufocando?) e começamos a rir e o riso cresceu e começamos a gargalhar. Lá fora, juro pela segunda vez, não foi a vampira que vi de relance, vigilante? Os homens estupefatos, as novinhas com o rosto sério. Quando a gente tirou o riso da cara, quando a gente parou de dar risada, uma de nós disse: alguém vai logo, pega um pano de chão, tá na hora de estancar a sangria.

## Aula de canto

*Luci Collin*

1.
Arre que o Bayard toca e são 7h20! Achou que a terça nunca chegaria! Levanta-se num pulo. Banho e, em minutos, já de uniforme. Aula só até sexta e aí, férias. Sem colégio, bom. Sem aula nenhuma até o ano que vem, péssimo. Desce para o opíparo café da manhã. À governanta, pergunta: *E o papai? Pobre doutor Fabbri, madrugou pra assinar papelada. Ah, trate de se formar logo, Jaime, pra ajudar ele nos negócios da família. Pomba rola, Celeste, falta muito pra isso!* Engole o café e um sequilho (*Troço horrível!*). Vai a pé pro Santa Maria. Mora na XV, quase esquina com a Monsenhor Celso. Na altura da Presidente Faria, junta-se ao Ronaldo, filho do senhor Lineu da Tipografia. *Bom dia, Caruso!* Ronaldo é o mandachuva do colégio. *Puta merda, mais quatro dias! Aí é só Casa da Dinorá com as meninas dela. Paraíso! E você vai comigo, aqui na mesma quadra do colégio, tem que ir. Teu pai nem fica sabendo. Ou vai esperar ele te levar só quando você fizer 15? Ou é bicha? Já sei: tem raiva de mulher porque tua mãe morreu no teu parto. Ih, bola fora, desculpas.* Cruzam a João Negrão e junta-se a eles outro estudante: *Apura, Irineu, o padre titular já está na frente do vaginásio! Respeite o irmão Romão! Irra, com esse carola aí não dá pra brincar! Ora bolas, Ronaldo, apenas sigo padrões*

*de conduta moral. Já eu, sigo o código da tolerância!* Ronaldo sai correndo pra pegar uns minutos finais do futebol no pátio. É craque. Além disso, vende foto de mulher pelada pros destemidos.

2.
Pai-Nosso no início. Aula do irmão Mário Deodoro. *Tous les étudiants à voix haute.* Essa chatice vai longe. Que será que a Celeste vai fazer pro almoço? *Verbe prendre. Imparfait.* Jaime divide a carteira com Ronaldo. *J'AIME l'imparfait.* Risca isso, Ronaldo, antes que o irmão veja! *Vous preniez...* Irra, o padre está caindo aos pedaços, não aguenta vir aqui no fundão. Ah, tanto faz, ando sem fome mesmo. Será que o pai pensa que eu não sei que ele e a Celeste? Claro que pensa. *Passé première forme.* Coitado do velho. Muita responsabilidade. Ah, ele é que escolheu. Escolheu nada, o vô que obrigou. O vô era um chato de galochas. *Nous aurions été pris, vous auriez...* O pai deu azar de não ter voz boa como o vô. Não manteve a tradição. O vô cantava superbem. O Beniamino Gigli se apresentou aqui, no Cine Ópera. Tem foto do vô com o Gigli no Grande Hotel Moderno. Agora eu é que tenho que seguir isso. Sonho do pai: eu cantar na Guairacá. *Impératif. Présent: sois pris...* Será que ajudou o Moysés Lupion na fundação da rádio? Imagina eu cantor! Ah, voz mixuruca. O pai finge que não. Mas nunca falou de eu ter aula com o grande tenor Remo de Persis... Ainda bem! Ia ser um vexame. Paga as aulas convicto. Terças e quintas. Hoje tem. Advogado, não escapo. Merda. *Attention, formes des phrases.* Doze horas por dia só pensando em dinheiro. Podia vir o comunismo e eu me livrava. Ideia de jerico. *Nous allons à la plage. – Vous venez avec nous? Répondre par écrit. Non, je vais no bordel*

*da Dinorrá. Risca isso, biruta!* Ainda tem o recreio. Torneio de futebol organizado pelo irmão Anselmo. Ele é cupincha do Ronaldo. Vou pegar uma coca-cola na cantina. Tomara que toque Dindi no serviço de alto-falante. Ou da Nora Ney. As meninas vão na missa de domingo só pra ver o irmão Anselmo. Padre galã. Depois do recreio tem o terço. Geometria. Geografia Geral. Depois é só o Pai-Nosso na saída e rua.

3.
Ansioso pra chegar em casa, dobra o passo. O almoço está servido: uma quantidade absurda de quitutes e ele ali sozinho. Sob a insistência de Celeste, come um pedaço de bife de fígado, mas afasta a cebola. *Agora deu pra ser enjoado, Jaime?* Sobe apressado porque precisa desesperadamente de um banho. Ah, finalmente paz. Banho longuíssimo. Não precisa das fotos proibidas que o colega comercializa. Tem sua própria musa. Pensa nas coisas estonteantes que ela faz com tanta desenvoltura. Cada coisa! Que boca, que dedos, que imaginação! Sem-vergonha, safadinha, sensacional. Ah, se o Ronaldo soubesse! Da cozinha se escuta Celeste, aos brados: *Banho depois do almoço! Jesusamado, se me morre de congestão esse menino!*

4.
Na casa da Duque de Caxias, 253, Leônidas furibundo: *Meu café atrasado de novo! Já são 8h30. Tenho compromissos! Anda nas nuvens? Bolo sem recheio, pão caseiro seco, com que ânimo vou enfrentar a lida cotidiana? E o meu fortificante? Sofro de "coração acelerado", moléstia gravíssima diagnosticada pelo doutor João Vieira de Alencar, e você não dá nem pelota! Se eu bato as botas quero ver! Pois vá na dona Elza, me traga*

*uns chifrinhos, manteiga e um stollen, que já é dezembro. Siga na Trajano Reis, passe no Açougue do Wily e mande tirar uns bifes de fígado pro almoço. Quero acebolados. No Armazém do Hilário, pegue os ovos de pata e a noz-de-cola pra minha gemada. E pague com seu dinheiro. Não dá suas aulinhas? Mulher moderna não vive às custas do marido. Vai, vai, some!* Essa criatura me saiu pior que a encomenda. Eu cheio de pepino e mais essa coceira. Preciso de um milagre. A herancinha do sogro já se foi. Também, mixaria. Agora esse diacho de telefone e a Mila nem aqui pra atender! *Residência dos Trindade. Ô, seu filho da puta, cadê a minha gaita, pensa que sou teu palhaço? Não, Tadeu! Escusas! É que… um problema com a minha senhora, de modo que… Páputaquepariu, lazarento. Te dou dois dias. Correndo juros.* Desaforado, telefonar pra minha casa! Isso que dá lidar com agiota! Preciso pensar em algo. Botar a Mila pra contribuir. Pois vou mexer meus pauzinhos. Graças que não temos filhos. Mais bocas pra sustentar. Mas a Mila não consegue esconder a frustração de não ter conseguido ser mãe ainda. Sorte que ela nunca soube da minha caxumba. Será que tem um tutuzinho na escrivaninha da saleta de música? Partitura, caderno de música, neca de bufunfa. Peraí! E esse livro? *Novelas nada exemplares*. Que é isso? Nada sobre o autor. Uma porção de histórias. Parecem inocentes: "A velha querida", "João e Maria", "Uma aranha". Ara, besteirinha de mulher.

5.
Coceira duma figa! A virilha em chamas. Preciso é de um sabonete de enxofre. Vou pegar no armazém da esquina. *Bom dia, dona Odete, como tem passado? Estou precisando de um, de um é… sabonete. Carnaval e Eucalol? Não tem de… Ah, pensando bem, pego na volta. Lembranças ao*

*seu Felipe.* Ara, bateu vergonha. Paciência. E aquele livro, hein? Pelo nome, é autor estrangeiro. Vou conferir uma coisa na banquinha. *Bom dia, dona Dadá. Tem a Gazeta do Povo? Só vou checar uma informaçãozinha. Nem vou levar o jornal; tenho compromissos na rua. Pra não ficar carregando. Obrigado. Lembranças ao seu João.* Morreu mesmo o filho do professor Gouveia, da universidade. Vou dar um pulo no cemitério. Deve ter gente graúda no enterro. Antes passo ali na Almirante Barroso pra ver a Bianca Bianchi. Inferno, não dá pra ficar se coçando no meio da rua. *Bom dia, dona Bianca, está boazinha? Eu estava passando e escutei o seu mavioso violino! Sou seu grande admirador, não perdi um concerto do Trio Paranaense. Dá licença. Serei breve. Então, é que a minha esposa, a senhora conhece a Emília Therezinha, isso, a Mila, ali na Duque, isso, é professora de canto, ótima, aliás, muitos alunos, tirou diploma no Instituto Menssing, e eu pensei que talvez a senhora pudesse indicá-la pra dar aulas na Escola de Música e Belas Artes, sei que é das fundadoras, sim, a sede é uma beleza, e a Mila fica, de manhã, desocupada, seria importante para ela expandir o círculo de pupilos... Ah, não é do canto. Compreendo. É mais do violino. Não, a Mila não toca nenhum. Trabalha mais com a boca mesmo, não com os dedos, canta e encanta. Vou procurar então algum regente de coro, maestros, sim, desses que a senhora indicou. Conheço. Muito grato. Satisfação em revê-la!*

6.
Olha só, saindo da Vemaguet na frente da casa da dona Zoé! *Mas se não é o meu querido Agenor? [...] E tem visto o Brambilla? [...] Sim, também achei formidável o Juscelino ter rompido com o FMI. [...] E o nosso basquete no Mundial em Santiago? Agora até o time feminino disputa. [...] Não*

*me cheirou boa coisa esse Fidel visitando o país.* Papo fiado, não está rendendo. Eu lá quero saber da filha nomeada pro Grupo Escolar Prieto Martinez! Sujeito embromado. É encaixar o pedido duma vez ou perder o enterro. *Então, companheiro desde os idos da escola, não teria um capinzinho aí pra me emprestar? Leônidas Agostinho Trindade devolve logo, pode escrever. Ah, Deus que ajude! Ando meio atolado e, pra piorar, uma coceira misteriosa... Simpatia? Chá de pinhão? Não sabia. Vivendo e aprendendo. Até logo, vou a um enterro ali no Municipal. Falecimento do filho de um grande amigo. Recomendações à sua senhora.* Lazarento. Desembolsou uns míseros cruzeiros. Mas dá pra passar no Luiz e fazer uma fezinha. *Bota na cobra, 9, no grupo. Opa, como é que vai essa força, Ney? E o favorito pras carreiras? Pois não apostei na Borema, acredita? É, não é um Manoel Vera, mas segurou bem o tal Superb. Sigo o teu palpite, Ney, vou de Batalha. Até domingo no Jockey Club!* Puta merda, no laço pro enterro. Quase 10h30. Olha aí, cheio de pinhão na grama da praça. Finjo que amarro o sapato e pego um punhado, pra tal simpatia. Não custa. *Como tem passado? Sim, lastimável. Meus sentimentos. Perda irreparável, de fato. Meus pêsames. Deixará saudades. Minhas condolências. Com licença, desculpe interromper, o senhor é o maestro Luiz Eulógio Zilli, não? Já lhe assisti muitas vezes no Clube Concórdia, moro ali perto, na Duque, o senhor é de Morretes e eu de Antonina, coincidência..., então, é que a minha esposa, diplomada no Conservatório do Paraná, discípula do Leo Kessler...*

7.
Que não atrase o meu almoço. *Tenho horário na repartição e o exemplo vem de cima! Que miserinha de cebola nesse bife!* Anda economizando na comida. Bota meu dinheiro,

suado, em livros! Aquele veio de onde? Não refrescou foi nada ter ido no enterro. O maestro Zilli me mandou falar com o maestro Mário Garau. Italiano mesmo. Vou atrás. Não desisto fácil. *Mais um dia de labuta. Me deixe a janta reservada que chego mais tarde.* Puta merda, esqueci os pinhões no bolso. E vou ter que mudar de calçada que é o padre descendo daquele Bel Air na frente da Igreja do Rosário. Se me vê, vem com o *Sabe que a Emília foi batizada no dia de Santa Terezinha...* Não bastasse a coceira, pinhão pinicando, livro misterioso e ainda sermão do padre Afonso de Santa Cruz! Era ele o padre do enterro de hoje? Pobre moço. Pobre em termos. Tudo do bom e do melhor. Mas o pai devia ser severo demais. Mas tem que ser severo! Nesses tempos de greves e comunistas infestando o país! Só a CIA mesmo pra endireitar o nosso povo. Não é bolinho ser pai. Será que o professor Gouveia foi severo demais pro moço ter tirado a própria vida? Ara, vai que era só meio détraqué, o guri. Ainda bem que não tive filhos. Por que escolhi justo a Mila? Herancinha de nada. Muito triste suicídio. Mas teve seus motivos. Boatos que era pederasta. Sorte que eu não tive. Imagina a vergonha.

8.
Que orgulho de, descendo a Alameda Dr. Muricy, entrar no prédio das Coletorias! Entre a Cruz Machado e a Saldanha Marinho. Na entrada, as fotos da inauguração do edifício: o Governador, doutor Munhoz da Rocha; o chefe da Casa Militar, major Euclides do Valle. Só eminências. De fato, desempenhar uma função ali é pra poucos. E tem mais: desembargador Albuquerque Maranhão, chefe de polícia do Estado; Lysímaco da Costa, inspetor-geral da Instrução Pública; Clotário Portugal, corregedor-geral do

Estado; coronel Alcides Munhoz, secretário-geral do Estado; Lamenha Lins, presidente do Superior Tribunal de Justiça; Fidelis Reginato, da Associação Comercial; doutor Victor Ferreira do Amaral, da Faculdade de Medicina; dom João Braga, arcebispo. Só a nata. E é ali que ele trabalha! Fachada imponente, escadarias de mármore, portas com espetaculares desenhos geométricos, mobiliário belíssimo nas inúmeras salas de escritórios. Tudo isso empresta dignidade extra ao seu ofício de escriturário encarregado (chefe) de Expedição de Certidões do Fisco Local. *Atrasadinha, dona Lucrécia? No meu são 13h e o seu horário, ao que me consta, é 12h30! E não me venha com a lenga-lenga do esposo ser ex-expedicionário! Vamos moralizar essa repartição! Dona Ivete, observe o local e-xa-to de onde carimbar os despachos.* Pinhão desgraçado! Sentar, não dá. *E se a senhorita quiser narrar os futebolismos do seu noivo que joga no Palestra, reserve a pausa do cafezinho. Digo o mesmo ao nosso jovem Gervásio, de Ponta Grossa, que pode descrever as belezas dos Campos Gerais no intervalo do expediente. Temos uma missão pelo bem público e isso exige a dedicação de todos. Me dou por compreendido. Agora vou ter que me ausentar por uns minutos pra coleta externa de assinaturas.* Putcha la guerra, não é bolinho trabalhar com esse bando de emplastamados! O Mário Garau toma café na Confeitaria Primor, conforme o Zilli me informou. Ele disse na Primor ou na Damasco? Vou ficar por ali de butuca. Hoje é meu dia de sorte. Apesar dessa coceirada. Cortar a praça. Aquele rapazote passando na frente da Loja Prosdócimo eu conheço, filho do doutor Fabbri, tomara que esteja indo pra aula com a Mila. Isso, guri, me ajude com a receita da família. E tomara que não pare com as aulas de canto nas férias escolares! Parece aplicado. Carrega um livro. Essa estátua do Tiradentes, feita pelo Turin, acho. Ai, me lembrou da cárie. O tal escritor é daqui mesmo? Nunca ouvi falar. Só conheço a Fábrica de Vidro Trevisan, na Emiliano Perneta. Anos atrás a fábrica explodiu. "Nada exemplares!" Ora essa! Preciso comer menos açúcar. Amanhã passo no doutor Rochinha, na Barão do Serro Azul. Fiquei devendo a obturação passada. Que não me vire tratamento de canal. Duas em ponto e olha lá o maestro entrando na Primor. Rege o coral da universidade! É apurar o passo pra parecer coincidência.

9.
Neca de pitibiribas como o Garau. Pelo menos pagou meu café, que eu estava desprevenido. É majestosa essa Biblioteca Pública! Nunca entrei. Vim na inauguração, claro. No primeiro Centenário da Emancipação Política do Estado. Uma beleza! Quando foi, 1954? Sim, dezembro. Lembro do calorão. Veio até o presidente Café Filho! O governador Bento Munhoz da Rocha Neto eu vi de perto. É, o progresso chegou aqui na nossa ex-província! Não custa nada entrar. Por curiosidade. Belas instalações. Francisca Buarque de Almeida, olha só, não me lembrava que tinha uma mulher de diretora. Elas agora estão por tudo. Bem, já que entrei, vou perguntar. Não custa. *Por obséquio, eu gostaria de consultar sobre um autor. Certo, entendi, solicitarei à senhorita Zuleima, então, na próxima mesa.* Fácil! Não precisei nem me identificar. Melhor. Então o sujeito é daqui mesmo! Ora, ora, escreveu outros. Misterioso. Pouca informação sobre ele. Lançou o tal livro em fevereiro desse ano. José Olympio, não conheço. Capa de Poty Lazzarotto. Não conheço. Sobrenome da dona Júlia, do restaurante Vagão do Armistício. À venda na Livraria Ghignone. É aí que está indo o meu dinheiro! Olha só o que falou um tal

Carpeaux, não sei como se pronuncia: *"De um livro totalmente inútil o melhor seria não falar. [...] ameaça perturbar a hierarquia dos valores, iludindo o público e, sobretudo, os escritores principiantes, sempre em perigo de seguir maus exemplos muito elogiados".* Bem que eu desconfiava: uma porcaria. E a cretina lendo isso! Pois vamos ter que ocupar aquela cabecinha de vento!

10.
O SINO DA CATEDRAL DE NOSSA SENHORA DA LUZ DOS PINHAIS MARCA 4 HORAS E, NESSE MOMENTO:

– o doutor Otto Kurt Schlemmer, advogado, entra na Galeria Asa e vai ao barbeiro;

– a senhora Elmecinda, manicure, entra na Galeria Ritz e deixa um relógio no conserto;

– a estudante Luzita Duarte entra na Galeria Osório e compra linha de crochê;

– o senhor Stacco, cabo, entra na Galeria Minerva, para ajustar um terno no alfaiate;

– as irmãs Nesinha e Cotinha entram na Galeria Tijucas atrás de costureira que forre os botões de um vestido e faça pesponto em outro;

– a dona Bebeia (Isabel), do lar, entra na Galeria Lustoza e avia uma receita de óculos para perto.

11.
Fico no saguão e, ele chegando, já abordo. Músico eminente. Regressou dos EUA. [*Método para Piano Czerny/ Barroso Neto, exercício 41*] Sentar é penoso, esses pinhões... Oxalá ele me consiga colocação pra Mila. [*O Pianista Virtuoso, Hanon, ex. 18*] Que barulheira essa tal de Escola

de Música e Belas Artes! Não é possível que eu [*Escola da velocidade, Berens, ex. 31*] não logre êxito hoje ainda. [*Czerny/Barroso Neto ex. 3*] Vim até a Emiliano Perneta pra encontrar [*Berens, ex. 39*] o tal maestro Gedeão Martins. [*Hanon, ex. 25*] Melhor não ficar parado. [*Berens, ex. 27*] Circular. [*Czerny/Barroso Neto, ex. 17*] Quanta sala! Que coceira! [*Hanon, ex. 39*] Todo mundo tocando, pandemônio! [*Czerny/Barroso Neto, ex. 50*] Piano eu reconheço. *[Hanon, ex. 9]* Tem aulas de balé aqui? Sou louco por bailarina. *Agora as relativas menores, com os acidentes!* E fui casar com uma cantora! Coçadinha discreta. Isso é violino. [*Método Schmoll, Staccato na corda Mi*] Me empolguei com a herança. Se tocarem uma Purelise, reconheço. Não sou ignorante nos clássicos. O Bife. [*A escala de Sol Maior, chamada de "escala do povo" desde o barroco...*] Como era o compositor famoso que morreu mês passado? Daquilo de Canto Orfeônico? Nãoseioquê Lopes? Lobos? Como é que pode passar 12 horas a fio praticando... Lá está! *Maestro, uma palavrinha! Hoje mencionou seu nome nossa amiga Dona Bianca! O caso é que minha esposa, exímia profissional do canto...*

12.
Amanhã passo aqui no Instituto de Educação e falo com o professor Erasmo Pilotto. É Erasmo ou Osvaldo? Aulas de canto pras normalistas, quem sabe? Que pernas! Ah, eu com uma polaquinha dessas lá em casa! Tempo é dinheiro e eu só perdi o meu hoje. Quase cinco da tarde e tudo na mesma. Bem agitada a Travessa Oliveira Bello. Vou no Senadinho tomar um café no Alvorada. *Ô, cidadão, sem bazófia! A UDN já lançou o Jânio pro ano que vem! Ferroviário é tímico! Eu disse que o tal do Engenho Galileia foi*

*desapropriado. E quem foi lá no Estádio Hercílio Luz, dia 23 de agosto, representar o nosso estado na Primeira Taça Brasil? O Ginasial do CFA agora é Ginásio da Polícia Militar. A rubro-negra campeã ano passado. E a Revolta de Aragarças, cidadão? Tocafundo o capitão, gols do Tião, ponta-esquerda aos nove minutos do primeiro tempo e do Gaivota, atacante, aos 30 do segundo. A FAB e o exército no levante e teve até sequestro de avião, lembra? A comissão técnica era Jackson Nascimento, Caju e Pedro Stenghel Guimarães. Não, cidadão, foi da USP que saiu o Manifesto dos Educadores contra a privatização. Antro de comunistinhas. Gente de peso assinou: Darcy Ribeiro, Anísio Teixeira, Caio Prado Junior, sim, o Sérgio Buarque de Holanda.* Puta merda, dando briga feia! Marmanjada aguerrida! Bom, melhor sair de fininho. Nem pude pagar a continha do café. Teve até um cidadão que jogou uma pinha nas costas do outro. Parecia uma granada. Não acertou.

13.
Ah, mais tranquilo aqui na Praça Zacarias. Opa, até deixaram um jornal, é de ontem, aqui no banco. Belo chafariz. Ideia do engenheiro Rebouças. Li na placa. Esquisito o movimento praaquelas bandas. Barulho de turba. Olha aquelas duas mocinhas ali com o garotinho. Ajeitadas. Babás? A da esquerda me apetece mais. Ih, uma saiu com o menino. Boa, sobrou bem a minha. Vou encarar. Deu uma olhadinha. Bem jovem. Uns 13, 14? Vou olhar pra Loja Maçônica. Que será que está em cartaz no Luz? Não gosto dali, dá muita enchente. Prefiro o Cine Ópera, o Ritz. De repente, convido a mocinha pra ver filme. Ela aceita. Hummm. Deixa ajeitar os pinhões. Assim está melhor. Ponho o jornal no colo. Finjo que estou lendo. Pronto.

Disfarça bem. Que pitéu! Bolso grande é uma beleza. Outra olhadinha. Vou olhar fixo. Percebeu. Está dando bola, a cadelinha. Ô, coisa apetitosa. Isso, vira mais um pouco pro lado. Hummm. Cruzou as pernas. De propósito. Safada. É profissional. Agora ajeita o decote e realça os peitinhos. Abriu as pernas. Putinha. Babá coisa nenhuma, messalina. Passou a língua nos lábios. Estou quase. Isso, passa a língua de novo. Mundana. Porra, que mulherão! Ahhhhhhhh, bem na hora que o carro de bombeiros cruzou a Marechal. Que sorte! Ainda bem que tenho o lenço. Ninguém viu. Belo chafariz. Abotoar direito a braguilha que abriu no tranco. Pronto. Não precisa mais fazer essa carinha, pistoleira. Notou algo? O menino voltou, pediu coisa da bolsinha, ela tira e agita uma bandeirinha de time. Ih, nosso amor acaba de acabar: ela é Coxa!

14.
Ai, que preguiça de sair desse banco e ver o que é essa bulha. Daqui a pouco passa conhecido e pergunto. Não fui visitar o Rui. Está no Hospital São Francisco. Perto de casa. Amanhã vou. Pedra no rim é de lascar. Gosto dele. Vai que me escorrega algum cascalho. Aquele ali me atende na Caixa Econômica. Vou perguntar. *Ô, meu amigo Jorge Luiz! Que é essa grazinada? Seu Leônidas do Céu, uma verdadeira guerra! Violência nunca vista. O subtenente Antônio Tavares, conhece? Pois ele comprou um pente de 15 cruzeiros na loja do Ahmed Najar, conhece o libanês? Você conhece todo mundo, Jorge Luiz! É da minha função na Caixa, seu Leônidas. Então, o Tavares pediu um recibo da compra, pra campanha Seu Talão Vale um Milhão. Mas o Najar se recusou a dar alegando que era uma comprinha. Se atracaram e o Tavares acabou com perna quebrada, imagine! Foi juntando*

*gente, juntando, juntando. Uma baderna. Foram pra cima das lojinhas dos turcos no Bazar Centenário. Destruíram umas 50, mais até, e banquinha de jornal e até carrinho de pipoca. Aí chegaram os bombeiros e só piorou. Mais quebra-quebra. Verdadeira guerra! Está tudo fechado por lá. Até a Farmácia Stellfeld? Eu precisava de um sabonete... Stellfeld, Minerva, Suíssa, a região toda até a Casa Edith, Ervanário Tupi, Toca da Onça, o Gualicho Lotérico. Pernambucanas. Até o Açougue Garmatter lá adiante. Na XV não tem uma confeitaria aberta. Prenderam uns nem sei quantos. Me admira que não tenha notado o bafafá. Eu estava... ocupado, Jorge Luiz. Claro que vi o rebuliço, mas não imaginei que era guerra estourando. Daqui a pouco o arcebispo dom Manuel da Silva D'Elboux vai fazer um apelo na rádio pra tentar conter a tragédia! Periga da coisa amanhã se espalhar pelo Centro todo. O exército vai ter que intervir. Por causa de um pente? Por causa de um pente.*

15.
Nem oito e tudo fechado mesmo. Cidade fantasma. Deve ter até vampiro solto. Vou pros lados da Visconde de Guarapuava. Ali sempre tem bilhar aberto. Vou encher a cara. Queria era um bom filé no Bar Palácio, mas lá não tem como pendurar a conta. Mês passado fui, de penetra com um pessoal do PTB. Ele entra num estabelecimento conhecido: um bar de quinta categoria com puteiro no andar de cima. Conhece todo mundo. Vai bebendo pinga. Muita pinga. Muita mesmo.
[EMBRIAGADO, AGE DE FORMA TEATRAL; FALA CONFUSA:]
– Quem sobe escadaria de mármore purinho? A desgraciada gastou to-do o meu salário. Vou retalhar ela em

sete pedaços. Qual a sua graça, distinta dama? Aqui só tem caminhoneiro, leiteiro, mensageiro. A coceira é infinita. Nem engoma as minhas camisas. Pedra no rim demora nove meses. Conheço a nata. Já jantei junto. Santos Dumont, maestro Beethoven, Pero Álvares de... Camões. Virilha é fogo. Fique sabendo, cavalheiro, que eu canto e espanto. Aí confessei: Vô, currei a cabrita. Quando sentei, foi de tarde, o pinhão tuíiimmm. Espetão. Pedra nos rins não tive. Não tive filhos. Coisa de agiota. A égua é favorita. Cadê a dona Úrsula? Me ajude, mãezinha. Preciso. Não estou chorando. Nunca. Um milagre! Melhor não ter filhos. Olha só o viado, se matou. Vô, me perdoe. Muito agradecido, dona Úrsula. Não vou gastar. Vou pagar. Com juros. Está me emprestando? Amanhã sai a nomeação da cretina. Herancinha mixa. Eu gosto acebolado e de puta. São boas com a gente. Cadillac Eldorado. Novinho.

16.
Depois de muito tempo alguém consegue um táxi. Alguém coloca Leônidas dentro do carro e passa o endereço pro taxista. Semiconsciente, Leônidas vai até a Duque de Caxias. O motorista é um ex-marinheiro do Porto de Paranaguá. Nem deu pra conversarem.

17.
*Chegamos, é aí a sua casa. Já?* Paga a corrida. Mija no jardinzinho da frente. É difícil acertar a chave. Entra. Lembra-se do letreiro de Cinzano no alto do Edifício Nossa Senhora da Luz, à esquerda da catedral. Ao lado do letreiro da Móveis Cimo S/A. No refrigerador, pega a garrafa do vermute e bebe no gargalo. Vai até a saleta de música. Sente cheiro de sexo no ar. Lembra-se do lenço. Ah, é mesmo!

Amanhã eu lavo. Procura o livro na escrivaninha e não o encontra. *Pois fiquem sabendo que eu já comi a Iracema, a Glória, a Olga, a Dulce... a Abigail, a Antonieta, a Linda, a Milu, a Cora... a Benedita, a Hortência... a Josefa, a Alzira, a Maria da Penha, a Zuleide, a Risoleta, a Jurema, a Ilde... a Francisca... a Esmeralda, a Vanda, a Jandira, a Rute, a Elpídia, a Dina.* Enfileira seus pertences sobre a escrivaninha: lenço, pinhões, chaves do armário da repartição, dinheiro. Uma bela soma de dinheiro. *Amanhã!* Enquanto o cuco marca o fim do dia, ele declama: *À meia-noite/Saiu de um cano/Cheio de merda/Crispiniano.* Dorme na poltrona.

18.
Chegou, o traste. Pelo jeito dormiu lá mesmo, nem foi pro quarto dele. "Moléstia gravíssima", sei bem do que esse pulha padece. Tratado a pão de ló e ainda tem o desplante de reclamar de tudo. "Miserinha de cebola." "A mulher moderna..." Ah, vá plantar batatas. Não tive escolha mesmo. Fui obrigada. Era isso ou o escândalo. Muito azar o papai ter me pegado com a boca na botija... Deus que me perdoe, mas ainda bem que ele logo morreu. Ah, já estava por um fio. Só deu tempo de fazer o casamento – engambelou o paspalho com a tal da herança – e dias depois deu o último suspiro. Esse palerma cumpre os objetivos, não tenho obrigações maritais e, pelo menos, ele não interfere na minha vida. Sempre com algum cancro, infecção, brotoeja, sifilítico e bichado desde que nasceu. O pamonha acha que eu queria ter filhos dele. Bem capaz! Pensa que não sei da caxumba. Ora, aquela "tia" dele me contou quando veio aqui. Pediu segredo quanto à doença infantil e quanto à sua visita. Segredo é comigo mesma. *Boca chiusa!* Saiu pensando que eu não deduzi o que ela é

dele... e nem como ganha a vida... Me passo por tonta, melhor. Não gera desconfianças. Ah, não posso reclamar da minha vidinha. Divertida é. Classe de alunos sempre cheia. De vento em popa! Preciso lembrá-los de que as aulas particulares durante o período de férias do colégio são fundamentais. Em se tratando de canto, não se pode descurar um dia! As pregas vocais requerem prática ininterrupta. Esse ano três aluninhas se destacaram, têm talento. Vou agendar pra que se apresentem na Rádio Guairacá. Sempre num grupo tem algum mais apto a absorver meus conhecimentos. Ahhhh, eu gosto mesmo é dos garotos. Entre 13 e 15 têm uma energia! Tenho sido sortuda nos últimos anos. Se deixam seduzir com os exercícios, desde a iniciação à prática mais profunda: vibração dos lábios, relaxamento da musculatura, movimentos de deglutição pra relaxar a garganta, aquecimento da língua, melhores posições do corpo. Nunca reclamam da minha metodologia, os safadinhos. O italianinho magricela é o meu preferido. A bola da vez... Está comigo, vi na caderneta de anotações, desde a quinta-feira, 14 de junho, seis meses já! Hoje a aula foi sensacional. Danadinho me... Ah, melhor dormir! Tão engraçadinho, me traz livro, bombom, flor, perfume, até joias já trouxe! Eram da mãe dele. Eu não disse não.

# Patachou

*Mateus Baldi*

Os elefantes, ele disse. Viriam pela manhã. Era um homem gordo, de braços peludos, ficava sempre sentado na beira da cama esperando que eu fizesse as coisas. Ei, você, estou falando. Estou ouvindo, respondi. Os elefantes, prosseguiu, viriam pela manhã. Não vêm mais? Não. Brigitte disse que ficaram presos no engarrafamento. Eu sei, eu disse, é assim mesmo, uma hora falam que vêm, noutra hora essas coisas acontecem. Mas eles vêm, ele disse. Vêm. Pode apostar. Claro. Você não cansa, não, ficar dando remédio na boca de velho assim? É meu trabalho. Eu sei que é, tô perguntando se você não cansa. Neguei com um movimento nervoso – por um momento achei que ele pudesse perceber o falsear do osso, a agitação, e tudo estaria perdido. Mas ele não viu nada. Ficou sentado e depois deitou. Esticou as pernas roliças, puxou o lençol branco para perto, disse que estava frio. Olhei pela janela – atrás das grades, na grama banhada de ouro, Janete gargalhava de alguma coisa que Omar havia falado. Tentei ler os lábios, o homem não deixou, sua voz chegava como um ruído antigo, vestígio de um rádio abandonado no quarto. Entende?, ele falou e eu concordei, entendo, sim, prontinho. Fiquei de pé. Tudo certo, até amanhã. Já vai? O relógio ficava pregado na parede, em cima da cabeça dele. Eu ia te contar um negócio, uma coisa. O quê? Se você for, não vou contar. Pode contar, o que é? O motivo pelo qual eu estou aqui. Esperei. Ele se endireitou, cobriu a cintura que começava a aparecer. Eu fui atrás da Patachou. Patachou? Não conhece a Patachou? ela é a maior, não tem pra ninguém, ela aparece e todas somem. A Sylvinha Telles, conhece?, sumiu por causa da Patachou, eu conheci ela no Rio, depois que eu vim pra cá. E aí vim vindo e acabei aqui, não é interessante? Muito, respondi. A Patachou, você não lembra? francesa, também, com esse nome, cantava lá no Vogue. O Rio, você já foi ao Rio? Neguei. Tem que ir ao Rio. Mas ela veio pra Curitiba, continuou, foi aqui que eu a conheci, a Patachou. E cá estou. O que aconteceu? Ele sorriu. Isso que você quer saber, não é? O que aconteceu com a Patachou. Com o senhor. Comigo, ora, comigo não aconteceu nada, acontece que os elefantes viriam pela manhã e não vieram, adiaram. É assim, eu disse, e fui saindo. Tomei cuidado para não fazer barulho ao fechar a porta. Luciene estava no balcão preenchendo umas fichas, chamei-a de canto. Escuta, você já ouviu falar na Patachou? Patachou? É, o seu... Ah, ele, sim, ele conta essa história pra todo mundo, é um azougue. Então ela existe. Eu sei lá, por que você quer saber, olha onde nós estamos, pelo amor. Agora me deixa terminar isso aqui.

 Lá fora fazia frio. Ajeitei as mangas e pisei no jardim, o rododendro brilhando em orvalho, sentada numa cadeira estava Jane. Bom dia, dona Jane, dormiu bem? Ótima, meu filho, tudo em riba. Muito bem, e quais os planos pra hoje? Ah, meu filho, tomar um chazinho e depois jogar Paciência, você gosta de Paciência? Adoro. Eu também, você sabia que meu neto todo dia joga e diz que está pensando em mim quando faz isso porque assim ele considera... Atílio veio me socorrer, se postou ao lado dela e aquiesceu enquanto a ladainha continuava. Eram dez horas e estava tudo na mesma. Um ar fresco soprava vindo das montanhas, restos de manhã que iriam embora assim que dona Mariinha começasse a fazer o almoço. Eu odiava o almoço. Caminhei até as grades e vi que o homem dormia. Tinha virado para a parede e descoberto as pernas, metade do lençol escorria pelo chão. Atílio passou com Jane, indo para a outra ala. Acenei. Em algum lugar eu tinha pena dela. Era jovem, conservava uma beleza espectral, havia sido abandonada pelo marido e os filhos. A exceção era a filha, uma moça alta e circunspecta, que vinha aos sábados. As duas jogavam cartas. Depois a filha ia embora e tudo ficava como estava. A modorra. Contudo. Andei mais um pouco. Algo no olhar dele, o homem. Uma corruíra pousou no jardim. Senti um espasmo. Outra. Fiz que ia atravessar, devagar para não assustar, e estaquei diante, trêmulo. Um passo e pronto. Esperei. Conversavam, parecia, ou nada. Eu é que. O homem. Os olhos. A Patachou. Um passo. Senti o osso estalar sob o solado, a outra voou. Nós. Miriam, da limpeza, surgiu com os baldes na outra ponta, bom dia, dia. Estava tudo perdido. Assobiei uma cantiga de que meu pai gostava e voltei para dentro. Luciene fumava. Onde você tava? Fui tomar ar. Tem serviço não, é? Cuida da tua vida. Ih, grosso. Sacudi a cabeça, subi as escadas, fui para o 304, dona Deise na cama, lendo o jornal de uma semana antes. Como tem gente maluca nesse mundo, né?, que coisa. Muito, eu disse. Vamos fazer o exercício? Ela se virou, as pernas flutuaram no ar e então pousaram, flácidas. Ela ficou ereta e esperou meu comando. Um, dois. Um, dois. Muito bem, eu disse. A senhora está ótima hoje, dona Deise. Ah, meu filho. Todas iguais, ah, filho, isto, aquilo. Eu gostava.

Da janela dava para ver o jardim. Miriam não tinha pegado a corruíra, caída lá. Terminamos o primeiro exercício. Dona Deise agarrou meus punhos e ficou de pé. Vamos, disse. Abri a porta, o corredor um gelo. Precisa deixar nessa temperatura tão baixa? É por causa dos germes. Que germes, meu Deus, eu sou uma mulher limpa. Eu sei, dona Deise. Eu tomo banho todo dia. Sim, senhora. Andamos. Na volta ela tossiu e disse você está esquisito hoje, não me contou nada até agora. Desculpa, o que a senhora quer que eu conte? Posso te contar da Patachou. Patachou? Não conhece? Nunca vi mais gorda. Não é gorda, dona Deise, é magra, magríssima, era lá do Rio, fazia um sucesso danado nas boates. Ah, é, é? Seduzia os homens todos. Era cantora, ela, ou dançarina? Um pouco de tudo, sabe como é. E o que mais? Dizem que uma noite subiu no edifício mais alto da cidade e quis pular, mas um homem não deixou. Que homem? O vigia, claro. E eles casaram? Acho que sim. Acha? Casaram, casaram, sim. E tiveram filhos? Dois. Ah, que delícia, assim que é bom. Que nem James Stewart ontem e o Clark Gable anteontem, senti vontade de dizer, mas já estávamos no quarto e ela tinha pegado o jornal. Até amanhã, dona Deise. Até amanhã, meu filho.

Saí às cinco. O frio tinha aumentado, meu casaco não dava conta, não queria passar em casa. Os olhos do homem persistiam. Duros. Grudentos. Seu corpo elástico borbulhando contra a parede. O quarto. Patachou, falei alto. Escandi as sílabas. Dei meia-volta, Luciene saindo junto. Esqueceu a cabeça? Cuida da tua vida. Entrei. O quarto. Na porta. A corruíra. Saí. De volta, Luciene na calçada, entrei na rabeira, e aí, como foi hoje? Que susto, moleque. Não respondi, continuei andando. As coisas doíam em um lugar novo, imóvel. Nos perdemos, Luciene e eu. Tomei o lotação até a paisagem ficar irreconhecível. Era noite quando voltamos à cidade. Andei por alguns quarteirões, no cartaz do lugar estava escrito grande show Marinita, mas por baixo vi bailarina fantasista, um resto, um nada, entrei. Estava exausto. Ardia. Em cima do palco uma loura, muito branca, olhos pintados, o truque todo. A corruíra. Caí. Encostei numa pilastra, larari lará, there was a boy, o pianista circunspecto, a mulher aos sábados, o homem, a very strange enchanted boy, ela fazia gestos, abria os braços, dobrava as mãos, and then one day, lará lará, a magic day he passed my way, o ônibus, dona Deise, a paisagem se fundindo, soltei um botão da camisa, empapado, the greatest thing you'll ever learn, ela disse, o pianista fez um floreio, eu duro. Fui para fora. Reli o cartaz. Bailarina fantasista de fundo, Marinita por cima, colada. Queria morrer. O homem. Miriam no jardim, não vendo, viu. A corruíra. Voltei, música ambiente, luzes. Um rastro. O lotação. Ela num canto, cigarro na boca, bonita, pensei que. Um camarada saiu por uma porta e entraram. Rodei, peguei mais bebida, o som do ossinho estalando, a corruíra. Acabou logo depois. Na rua, vazio. Acendi um cigarro perdido no fundo do bolso, esbagaçado. Ela saiu na quinta fumaça, cabelos pretos, olheiras – pela porta lateral. Só. Me olhou. Tem fósforo? Tinha, um. Estendi. Você sempre canta as mesmas músicas? Gostou? Gostei. Depende, hoje o cara queria mais um jazz e fizemos, eu canto tudo, nessa vida tem que cantar tudo. Imagino, falei, sempre canta aqui? Depende, semana que vem vamos fazer de novo. Jazz também? Vai do dia, do que ele quer. Ele o pianista? É. Achei que fosse seu marido. Ela balançou a cabeça, mostrou os dentes com uma lasquinha de batom, nada, ele é – e dobrou o punho. Ah. Não percebeu? Não. Vai ver é assim.

Assim o quê? Assim, minha imagem. A que eu passo. Ela parou debaixo do poste, olhos de corruíra, senti vontade de. É tão surpreendente achar que você é casada? Com ele, um pouco. Há quanto tempo vocês tocam juntos? Dois anos. Você canta bem. Obrigada. Já gravou uma bolacha? Ela deu um peteleco e o cigarro voou longe. Ardia. Nunca, disse. Que pecado. Ela deu de ombros. Eu posso te ajudar. Ah, é? Presto uns serviços pra Odeon. No duro? Duríssimo. E gostou de mim. Gostei. E por que eu deveria acreditar? Porque eu sou honesto. Todo mundo diz isso, até o presidente. Eu não sou o presidente. Por isso mesmo. Olha aqui, falei, e meti a mão no bolso, tirei o cartão. Aqui tá dizendo advogado, ela disse. Eu disse que prestava serviços, tenho contatos, coisa quente. Ela pegou outro cigarro. Tem fogo? Aquele era o último fósforo. Merda. Mas calma, eu disse, conheço um lugar aqui perto. Que lugar? Um hotel. Hotel? Eu moro no. Eu sei, eu sei, você precisa relaxar, quem sabe hoje não é sua noite de sorte? Ela mordeu o cigarro com força. Tirou da boca. E quem me diz que não é a sua noite de sorte? Por que seria? Ela chegou perto. Porque você pode estar prestes a conhecer a próxima Maysa, bem.

Hotel caído, quarto aos pedaços, entramos. Duas horas depois, esbaforida e nauseante, ela me disse vamos ser felizes juntos, o hálito tinha gosto de tabaco com soda. Respondi que sim, quando chegar no Rio faço a ligação. Que dia você vai? Depois de amanhã. E não pode ir pessoalmente? Não é assim que funciona, esses caras gostam de tudo programado. Que mentira, já vi o Roberto Carlos dizer que é só chegar no estúdio c. Mas ele é o Roberto Carlos, eu sou só eu. Você é o Dario, porra, eles te respeitam. Não nesse lugar. Que lugar? Um dia você vai entender. Quero entender agora. Agora não dá. Por quê? Porque as coisas levam tempo, sabia? Conhece corruíra? Não, fica onde? É um pássaro, são frágeis. Ah, bom, eu não sou frágil. Não disse que era, mas a fragilidade ensina a ter paciência, entende? Benício fala a mesma coisa. O pianista? É. Pra você ver. Mas ele só me enrola, vocês homens, todos. Eu não. Uma ova. Não fala assim. Então liga pra gravadora. Meu bem, não posso, não é assim, veja. Não quero, quero ser a nova Maysa. Eu vou te fazer a nova Sylvinha Telles. Sylvinha Telles não dá. Por quê? Porque eu não quero ser morta, eu vou é viver pra dedéu. Então já sei. O quê? Vai ser a nova Patachou. Ela puxou o lençol, cobriu os peitos, arqueou a sobrancelha. Quem é essa? A maior de todas. Nunca ouvi falar. Não é de falar, é de ouvir, ouvir, tem que ouvir a Patachou, é divina. Você que descobriu? Não, quando eu cheguei já tava lá, um encanto, você precisa ver. Patachou, Patachou, vou procurar. Procura. Vai ser um estouro. E o que mais? Você quer mais? Ela riu, é porque você está me conhecendo agora, eu sempre quero mais, sempre. Agora uma coisa eu preciso te contar. O quê? Vamos ter que inventar outro nome. Mas eu adoro esse. Eu sei, mas não pode, Marinita não dá. E Patachou pode? Veja bem, ela já existe. Você é terrível. É preciso jogar as regras do jogo. Então me fala de você. O que você quer saber? Seu cartão é de outra cidade, parece cigano. Advogados têm muitos compromissos e o escritório é, olha, melhor, por que você não me fala de você? De mim? É, eu preciso saber onde tô me metendo. E eu por acaso sei onde eu tô me metendo? Não te dei meu cartão? O que você quer saber? Tudo.

  Tinha nascido noutra cidade que nem Dario e chegado à capital por meio de parentes que trabalhavam numa fábrica de sapatos, gente simples, como ela, com a diferença da voz. Riu quando insisti na corruíra, nem eu sei por quê.

Depois que um tio morreu, engravidou, mas o namorado mandou tirar, disse que iam se casar na igreja e faziam outro, sumiu três semanas depois, ela sem barriga, solta no mundo. Trombou com o pianista na estação de trem, conversaram, ele propôs a dupla. Rodavam as boates. A peruca loura foi ideia dele, pra disfarçar. Imaginei que nas primeiras vezes pudesse cantar buscando o namorado na plateia, mas. Nada. Ela contava e meus olhos queriam se encher de lágrimas, o homem falando na Patachou, ela na minha frente. Minha corruíra. Aumentava a vontade de. Tremenda. No meio daquelas palavras sem margem comecei a beijar sua perna, lambi o osso, o dedão, cada dedinho, ela riu, não parava de contar, e eu ajoelhado àqueles pés, mordendo, pedindo pisa, pisa, e ela rindo, ria. Por um momento pensei no homem caído na esquina, a chuva, já tinham pegado até o alfinete de pérola. Deixei os documentos numa lixeira, mas os cartões. Ela pisou meu rosto com força, quis morrer, tinha morrido, dona Deise teria muitas histórias naquela tarde, diria ao homem que tinha conhecido a Patachou, Luciene ia ver só. Vem, ela disse, deita aqui. Deitei, seus olhos macios, corruíra, vontadezinha. Louca. Me promete uma coisa. Todas. Você não vai contar o que eu te disse. Nadinha. Jura? Por tudo. Do que você mais gosta na música? Piano, fico maluco com piano. E se uma mulher estiver cantando junto com o piano? Enlouquecido. Você gostou mesmo de mim? Mais que tudo. Me conta uma coisa da sua família. Fiquei de pé, respirei fundo. Abri os braços. Sorri. Uma tia. Tia Deise. Toda vez que eu vou lá ela me pede pra contar uma história, e sempre tem que terminar do mesmo jeito. As pessoas se casam e têm dois filhos. Por quê? Não sei, ela é maluca. Você também, um pouco. Só que nos meus delírios ninguém casa, todo mundo morre. Que horror. O mundo precisa acabar, você não entende? Eu posso pelo menos gravar um compacto antes? Beijei sua testa, seu nariz. Você pode tudo. Tudo. Então deita no chão, anda, deita. Deitei. Era gelado. Assim perto tinha cheiro de produto de limpeza vencido, suor antigo, corruíra. Fecha os olhos. Fechei. Não abre. Ouvi seus passos, não abri. O barulho na cama. Seus pés no meu peito. Então o estalo. Abri. Ela toda, minha Patachou, em cima. Fica aí pensando em como fazer de mim uma estrela. Sim, senhora. E não abre a boca. Não abri. Fiquei. Ficamos. Já via tudo, a cara da Luciene quando eu dissesse você não sabe o que aconteceu e mostrasse o cartão como prova, ela gritando que nojo, que nojo, eu rindo. Do que você tá rindo? Nada. Fala. Não tem nada. Ela pulou para a cama e deitou. Então vem, vamos dormir. Mas já? É, bem, eu durmo cedo.

Acordei com a luz grumosa. A cama vazia. Vesti a roupa, desci pisando os sapatos desencaixados, perguntei pela minha corruíra. Saiu de madrugada, o homem gemeu, disse que o senhor ia acertar. No relógio faltava um ponteiro. O senhor ainda tem duas horas. Voltei para o quarto. Os primeiros ônibus traziam consigo o pessoal das fábricas e pensei que em algum pudesse estar seu tio, o chefe das corruíras da cidade fedendo a cola. A carteira estava no bolso. Tirei. Os cartões, as chaves. Um palito de fósforo partido no canto. A memória da chuva retornou, o sujeito na esquina, todos ao meu lado. Deixei os cartões de advogado sobre a mesinha. Rasguei. Daqui a pouco seria hora de entrar e ver o homem. Esperei mais um pouco e desci. Paguei a noite, tomei um lotação, vi a paisagem. Esburacada. Luciene não havia chegado, um frio tênue no gramado. O uniforme estava dentro do armário, pus o casaco por cima. Bati à porta. Na beira da cama, o homem me olhou de cima a baixo. Os elefantes, disse, viriam pela manhã.

# João, Maria, Joaquim

*Veronica Stigger*

*João, Maria e Joaquim estão no palco do principal teatro da cidade nessa exata ordem, da esquerda para a direita de quem olha desde a plateia, com uma distância de cerca de três metros entre eles. Estão nus e com os braços soltos ao longo do corpo. Cada um deles tem as pernas afundadas numa caixa d'água cheia de cimento de secagem rápida. Permanecerão nessa mesma posição até o fim dos tempos. Enquanto falam, não gesticulam nem olham para os lados. Eles são como estátuas. O teatro está vazio.*

João
Maria não é atriz. Nem mesmo gosta de assistir às novelas que agora são transmitidas em cores. Maria tampouco gosta de cores. A casa da qual é dona – coloca sempre a casa à frente de si própria, por isso, nunca se apresenta como "dona de casa" – é toda bege, do mesmo tom de sua pele. Sua casa é sua camuflagem: só se sente segura deitada de costas no sofá da sala, com as mãos cruzadas em cima do peito, como se estivesse pronta para ser depositada num caixão – de preferência, também bege.

*Soa a primeira campainha. O público começa, aos poucos, a entrar na sala.*

João
É de vestido tubinho e *scarpin* beges que ela desce as escadas do principal teatro da cidade em direção ao palco. Está feliz, porque ontem pintou os longos cabelos de loiro bege, usando como desculpa o aparecimento dos primeiros fios brancos.

*Soa a segunda campainha. Aumenta o número de pessoas na sala.*

João
Mas não sorri. Maria nunca sorri. É assim, séria, que ela caminha até o centro do palco.

*Soa a terceira campainha. As pessoas que ainda estavam no* foyer *se encaminham para a sala e buscam seus lugares na plateia.*

João
Maria tampouco rebola. Suas passadas largas e sua pisada forte, marcadas pelo movimento reto de braços ao lado do corpo, lhe renderam o epíteto de Valquíria do Pinheiral. Maria nunca soube se devia tomar o apelido como elogio ou ofensa, mas também nunca perdeu o sono com isso, pois não liga muito para a existência das pessoas.

*O teatro está lotado.*

João
Quando finalmente chega ao centro do palco, Maria para e olha para a frente. Mal se posiciona e um facho de luz a cega.

Joaquim
Soa a primeira campainha.

Maria
João não sabe cantar. Mas essa inabilidade nunca o impediu de se expressar vocalmente. Sempre chega aos lugares entoando algum sambinha – muitas vezes, composto por ele mesmo e quase sempre muito mal resolvido tanto musical quanto literariamente. O sonho de João era ser compositor. Acabou bancário e sem um dente da frente, o que – para sua infinita tristeza – lhe dificulta assobiar.

Joaquim
Maria não pinta os olhos, nem a boca, muito menos as bochechas. Usa apenas uma base leve que a deixa toda bege.

Maria
É cantarolando os primeiros versos da música que está compondo desde a semana passada que João se dirige a pé até o teatro. São 40 minutos de caminhada sob o sol do fim da tarde e ele os percorre com alegria. Por vezes, para e ensaia alguns passinhos, exibindo seu sapato bicolor azul e branco de couro envernizado, seu único luxo: o pé vai um pouco para a frente, depois para o lado e, em seguida, para trás, terminando num giro cruzado.

Joaquim
A música que João canta fala que o amor é faca cega, enferrujada, que, a cada dia, afunda mais no peito, e o sangue não para.

João
Maria não usa joias, muito menos bijuterias: nem um brinco, nem um colar, nem sequer um anel.

Joaquim
Mesmo casada, Maria não usa aliança.

Maria
Quando João chega ao teatro, percebe que sua camisa de tergal azul está empapada de suor e a calça clara, de boca larga, gruda-lhe nas coxas. Ele então pega o lenço que sempre carrega no bolso da camisa e seca o suor do rosto. Com as mãos abertas, penteia para trás os cabelos castanho-escuros, levemente ondulados. Respira fundo e entra na sala de espetáculos. Ele não está mais cantando.

João
Maria não tem filhos. Nem cachorro, nem gato, nem papagaio. Muito menos peixe, bicho do qual tem profundo nojo.

Maria
João desce as escadas da plateia em direção ao palco de dois em dois degraus. Quando chega a seu destino, está ainda mais suado. Até os pelos de seu peito estão ensopados. Ele abre mais um botão da camisa, além dos dois que já estavam abertos. Enxuga outra vez o suor do rosto, antes de se recompor e de assumir a posição para ele determinada.

Joaquim
Maria está grávida, mas não sabe.

Maria
João sobe ao palco e se posiciona a cerca de três metros de distância de Maria. Quando para, com os braços soltos ao longo do corpo, olha para a frente. Um facho de luz o ilumina.

Joaquim
Soa a segunda campainha.

João
Joaquim não gosta de teatro. Nem de circo. Não gosta, na verdade, de qualquer tipo de divertimento. Está sempre que possível metido no terno risca de giz que ganhou de sua madrinha no dia da formatura. Com o passar dos anos, o traje já se esgarçou em alguns pontos, mas Joaquim parece não ligar para isso. Continua a se sentir muito elegante com ele. Costuma combinar o terno com uma camisa que um dia foi branca e uma gravata-borboleta preta. Não usa cinto, mas suspensórios também pretos. Mesmo fazendo um calor desmedido, não dispensa jamais o colete. Não interessa se vai ao trabalho, ao bar, à igreja ou ao bordel, é sempre com terno risca de giz que se apresenta. Não poderia ser diferente agora que se encaminha para o teatro.

Maria
Joaquim nunca sai de casa sem espalhar uma boa dose de brilhantina nos cabelos pretos. Com os dedos sujos do cosmético, alisa o bigodinho, deixando-o perfeitamente alinhado.

João
Joaquim desce devagar as escadas que levam até o palco da sala de espetáculos. Não quer transpirar mais do que o inevitável. Aprendeu a controlar a respiração para

manter o corpo em temperatura baixa. O procedimento lhe dá um pouco de sonolência e, por vezes, tontura. Por isso, acaba tropeçando no último degrau antes de atingir o palco, caindo de boca no chão. Nem Maria –

Maria
– nem João –

João
– ajudam Joaquim a se levantar.

Maria
Não há diretor de cena, nem contrarregra, muito menos segurança. E as poucas pessoas que já entraram no teatro não percebem que a queda não estava no *script*. Um casal e uma senhora chegam a ensaiar aplaudi-lo. Mas desistem, desconfiados da própria conclusão precipitada.

João
O lábio de Joaquim está cortado e sangra muito, tingindo de vermelho sua camisa branca. Ele apalpa os bolsos e não encontra o lenço para conter o sangue. Senta-se então na beira do palco e tira o sapato de couro preto envernizado do pé esquerdo e a meia correspondente. Com esta seca o sangue da boca. Ergue-se e caminha até seu lugar no palco, a cerca de três metros de distância de Maria, com a meia ainda sobre a ferida, o sapato debaixo do braço, o pé esquerdo descalço e o direito calçado. Quando se detém, um facho de luz o ilumina.

Joaquim
Soa a terceira campainha.

JOÃO
Joaquim se agacha e tira o sapato e a meia do pé direito. Ajeita os sapatos no chão, a seu lado, e deposita em cima deles a meia que acabou de tirar. A ensanguentada ele guarda no bolso da calça assim que se ergue novamente.

JOAQUIM
O teatro está lotado.

MARIA
João se senta no chão e desamarra seus sapatos bicolores de verniz. Em seguida, coloca-os a seu lado. Ele está sem meias.

JOAQUIM
Maria abre o zíper lateral de seu tubinho bege, tira os braços de dentro dele e o deixa cair no chão, em torno de seus pés. Ela dá um passo ao lado, passando por cima do vestido.

JOÃO
Joaquim tira o paletó, dobra-o e o depõe em cima dos sapatos, escondendo a meia que ali estava. Desabotoa então o colete com certo vagar. Também o dobra e o coloca em cima do casaco.

MARIA
João desabotoa completamente sua camisa de tergal azul e a despe. Torce-a, removendo o excesso de suor. Uma pequena poça se forma no chão. Em seguida, ele a sacode e a larga de qualquer jeito a seu lado.

Joaquim
Maria não usa sutiã. Seus seios são pequenos e firmes.

Maria
João tira a calça. Ele não usa cueca. Seus pelos pubianos são tão abundantes que recobrem quase que completamente seu pênis de tamanho médio.

João
Joaquim desfaz o laço da gravata-borboleta e também a acomoda na pilha a seu lado. Desabotoa a camisa branca e a tira. Tenta limpar a mancha de sangue com cuspe, mas não consegue: a mancha continua lá. Desgostoso, dobra a camisa bem dobradinha e a acrescenta à pilha.

Joaquim
A última peça de roupa que Maria tem no corpo é a calcinha.

Maria
Joaquim desveste a calça e também a dobra com cuidado, preservando o vinco, que deu tanto trabalho a ele para fazer.

João
A calcinha de Maria é vermelho-sangue, toda contornada por renda preta.

Maria
Joaquim se livra também da cueca samba-canção e fica nu. Seu pênis é imenso: se quisesse, poderia ter feito um bom dinheiro com ele na indústria pornográfica.

Joaquim
Os pelos pubianos de Maria estão tingidos de loiro bege.

João
A cor da calcinha de Maria – a única cor que ela admite em sua vida bege – é igual à do vestido da Virgem.

Maria
Como Joaquim, João também está nu.

João
Maria abaixa a calcinha até os pés, ficando nua.

Joaquim
Ela segue usando os *scarpins* beges, que a elevam à mesma altura de João.

Maria
Joaquim recolhe todas as peças de roupa que dobrou a seu lado, mais os sapatos, e os leva para os bastidores.

Joaquim
João junta suas roupas e seus sapatos bicolores envernizados. Vai até Maria e apanha também o tubinho bege e a calcinha vermelho-sangue e leva tudo para os bastidores.

João
Maria não se move.

Joaquim
João volta dos bastidores e reassume seu lugar no canto direito do palco, a cerca de três metros de distância de Maria.

João
Joaquim volta dos bastidores com um chicote na mão direita e reassume seu lugar no canto esquerdo do palco, a cerca de três metros de distância de Maria.

Maria
João e Joaquim estão parados, de frente para a plateia, com os braços soltos ao longo do corpo.

Joaquim
Soa a quarta e última campainha.

João
Joaquim vai até Maria e lhe estende o chicote.

João
Maria pega o chicote que Joaquim lhe estende e o estala no chão várias vezes.

Maria
Joaquim retorna para seu lugar e fica parado, olhando para a frente, adotando a mesma postura que João.

Joaquim
Maria vai até João e desfere o chicote em suas nádegas, depois, em sua barriga. Repete o gesto várias vezes até João se dobrar de dor. Seu pênis está ereto e pode ser melhor visto entre o matagal de pelos. Maria aproveita que João está de quatro no chão e açoita suas costas com força. Açoita uma, duas, três vezes. João se curva ainda mais. Sua cabeça quase encosta no chão. Maria segue açoitando-o. As costas de João sangram. Ele geme alto

e chora. Cai de bruços. Maria apoia o salto do *scarpin* direito em suas nádegas e dá um último golpe em suas costas. João uiva e goza. Maria joga o chicote em direção à plateia e volta para seu lugar no centro do palco. Só então ela descalça os *scarpins*.

MARIA
João permanece no chão, sangrando. Ele agora chora baixinho.

JOAQUIM
(*Recitando Fernando Pessoa como se fosse um sambinha, numa espécie de homenagem a João*)
Vento que passas
Nos pinheirais,
Quantas desgraças
Lembram teus ais

Quanta tristeza
Sem o perdão
De chorar, pesa
No coração

E ó vento vago
Das solidões
Traz um afago
Aos corações

À dor que ignoras
Presta os teus ais,
Vento que choras
Nos pinheirais

**MARIA**
Agora, como diz aquele outro poeta, põe esses versos na retrete e puxa o autoclisma energicamente.

*As luzes se apagam em resistência.*

# O gateiro

*Luís Henrique Pellanda*

Primeira lembrança de piá. Eu morava com o vô e a vó, na Vila Feliz. No quintal deles tinha um galinheiro e, atrás da casa, o terreno baldio dos Taborda. Era ali que se juntavam os gatos, um mais atentado que o outro. Mijavam na nossa horta, comiam os pintos, matavam até os passarinhos que a vó cevava. Ela ficava triste, chorava de nervoso. Aí o vô pegava a armadilha de caçar gambás, da época em que ele ainda vivia no Capocu, e a gente entrava em ação. Eu tinha 5 anos, nem isso. Ajudava pouco, mas era eu quem pendurava a tripa de gordura no gancho de arame, dentro do caixote de costaneira. Madrugada, os gatos se metiam na arapuca, tentavam desenganchar a carne, a porta caía atrás deles, e pronto. No dia seguinte, o vô e eu púnhamos a caixa com o gato na mala do Corcel e íamos pro Matão da Ivone. Quem era essa tal de Ivone ninguém pergunte. Eu nunca soube, nem nunca souberam me explicar. Só diziam que era a dona desse campo lá no Pinheirinho, perto de onde até hoje fica o quartel. Chegávamos lá, o vô e eu, e soltávamos os gatos naquele arremedo de natureza. Era bonito de ver. E pra mim o Matão da Ivone ficou sendo isso, um espaço de liberdades. Diziam que era também um lugar secreto, de amor e romance. Motel por ali não havia, e era pra lá que os soldados levavam suas namoradinhas, quando arranjavam um carro. Era um sítio bonito, mil tons de verde, mantos de maracujá, pés de guabiroba amarela, um mundo que não existe mais.

*

O vô morreu cedo. Caiu do telhado num dia de temporal, quando teimou em desentupir a calha. A vó ficou sozinha comigo, e eu sozinho com ela. Meu pai eu nunca soube quem foi. Minha mãe, sumida no mapa, consta que muito maloqueira. Não reclamo, a vó cuidou bem de mim. Cresci sem traumas, acho que numa boa com esses dramas familiares. Nunca me senti vítima de nada. Não faço o tipo rebelde. A pensão do vô, sargento, foi o que sustentou a gente, mais o tricô e o crochê da vó. Vivíamos no limite do comedimento, o jeito ideal de viver. Eu não precisei trabalhar na adolescência, foi uma fase tranquila, tive sorte, só fiz uns bicos de entrega. Estudei. A escola pública era até que boazinha, a vó dizia que eu tinha que ser grato. Curitiba era uma cidade especial, moderna, limpa, diferente de onde ela vinha, onde tudo era atraso e carência. Pra Curitiba ser perfeita, a vó dizia, só faltava uma coisa: manga. Na cidade onde ela cresceu, tinha mangueira até demais, impossível dar conta de tantas. Mas ela sentia saudade daquilo de comer manga no pé, à sombra, descascando a fruta no dente. Hoje acho até graça nessas bobeiras dela. Pois não é que faz um, dois anos, começou a dar manga em Curitiba? Dizem que é o calor, o colapso do clima, o fim dos tempos. Que seja. A manga de Curitiba não é das melhores, azedinha, mirrada, mas dá pra chupar. Só que a vó se decepcionou um pouco. Curitiba não melhorou nada com as mangas.

\*

Mesmo fraquinho, não escapei do quartel. Tinha terminado o médio, resolvi não cursar faculdade, me dei mal. Não que hoje me lamente. O exército me chamou, mas de pronto se arrependeu. Me mandaram de volta pra casa, devolvido pra vó. Diziam que eu não levava jeito, não me adaptava à coletividade, muito sensível e melindroso, não tinha espírito de equipe nem manjava de companheirismo. Essas as queixas. Nunca ninguém me acusou de nada além disso. Violento, ladrão, corrupto, baderneiro, nunca fui. Fiz poucos amigos por lá, não vou mentir. Na escola também tinha sido assim. Sendo franco, até então eu nem sabia o que era amizade. Mas se antes aquilo me incomodava, hoje me diverte. A vida é reviravolta e ironia. Lembro do quanto me zoavam quando falava do Matão da Ivone, das lembranças boas que eu tinha do vô, dos gatos que a gente soltava lá, um paraíso na Terra. Eu era bobo, mais que a vó, e mal notava. Um tal de cabo Cassiano, vizinho de quadra, foi quem me alertou. Era o que mais me maltratava. Dizia que o sargento não era de soltar gato, que todo mundo sabia que ele matava os bichos e os largava numa várzea qualquer. Jurou inclusive que o vô matou dois gatos dele, e que todo mundo na Vila Feliz odiava o velho. O Matão da Ivone nem era lugar de namoro, dizia ele. Era ponto de curra e estupro, quem não sabia? Era pra onde a turma levava as mocinhas mais bobas do Baile do Parafuso. Amor e romance? Meus colegas riam e se acotovelavam. Eu não me dava com aqueles lá mesmo. Nunca fui dessas grossuras.

\*

Se foi por isso que me tornei gateiro, questão de sensibilidade ou falta de prática com gente, eu não sei. Sempre gostei de gato, embora nunca tenha tido um gato meu. A vó não gostava, tinha horror, fazia o sinal da cruz, jogava o chinelo. E até hoje não se convenceu do meu sucesso. Ainda quer que eu faça uma faculdade, mas não vejo propósito. Teve uma época em que até cogitei. Enfermagem, Fisioterapia, Nutrição. A ideia de cuidar dos outros sempre me atraiu. Mas cuidar de gatos me parecia o certo, me satisfazia, e pagava bem. Não que fosse o pagamento o mais importante. O trabalho com os gatos me deu não só algum dinheiro, ou o respeito dos clientes. Me deu amigos. Dez mil seguidores. Virei gateiro e influencer. Por essa a vó não esperava.

*

O serviço, em si, é fácil. Mas é preciso ter a manha. Meus clientes viajam e deixam a chave na portaria do prédio. O porteiro avisado. Eu visito cada gato diariamente, no horário agendado, pontual. Pego a chave, subo e passo uma hora em cada apartamento. Sei falar com os bichos, entendo o que me pedem. Lavo seus pratinhos, limpo a caixa de areia, troco a água e a ração, brinco com eles, tiro dezenas de fotos de cada um e mando todas pra clientela, no Whats. Em troca, além do PIX e da gorjeta, recebo coraçõezinhos. Depois posto nas redes as melhores fotos do dia, com a devida permissão dos tutores. E aí são mais e mais coraçõezinhos, e mais seguidores, e mais clientes. Adoro meu trabalho, é tão a minha cara. Levo uma varinha de pescar. No lugar do anzol, a ponteira de ráfia brilhante, bem colorida. Mas essa é só pros gatos que curtem luzes, raios, reflexos. Tenho também ponteiras de feltro e de penas, petecas com sininhos. Levo ratinhos de pano cor-derosa com chocalhos na barriga. Levo petiscos, escovinhas de dente, pacotinhos de erva. Cada gato é único em seu molde e temperamento. Um gosta de sachê de salmão, o outro só come o de atum, um terceiro admite apenas o de caranguejo. E não há explicação lógica pra isso. Deus deu a cada uma de suas criaturas um número individual, um código intransferível, um nome que só diz respeito a ela, uma alma que tiraniza a si mesma.

*

Nunca tiro a roupa no primeiro dia de serviço. Primeiro preciso analisar os riscos envolvidos. Me habituar à geografia dos apartamentos. Sua acústica, suas janelas, seus ângulos, seu mobiliário. Verifico principalmente se não há câmeras escondidas. Não sinto que faça nada de errado, mas o pessoal não me entenderia. Eu próprio não me entendo, não sei explicar o que me passa pela cabeça, nem sei se é melhor saber ou deixar de saber. Foi a doutora quem pediu que eu escrevesse sobre isso e, se lhe obedeço, é porque não gosto de conflito. Me horroriza aborrecer quem quer que seja. A doutora diz que quando escrevemos alguma coisa, mesmo sem saber aonde queremos chegar, sempre acabamos chegando a um lugar novo, que ainda não conhecíamos. Ela me aconselhou sinceridade, disse pra eu não esconder nada, o que nem me parece difícil. Não tenho nada a esconder, não de mim mesmo. Escrevo como se fuçasse o meu próprio lixo. Reviso tudo que faço. Passo uma hora na casa dos meus clientes. Tiro a roupa, dirão que sem motivo, mas eu pergunto: é errado? Deito no chão da sala, nas colchas de rendinha, nos tapetes de sisal, nas almofadas do Mundo Egípcio. Me escondo embaixo das camas. Nu. Amo me enrolar em cortinas de voal. Os gatos me observam de longe ou me acompanham de perto, a depender de seus gênios. Primeiro com um interesse animal, comum, depois com uma atenção quase humana, e digo quase porque, nos humanos, essa atenção me parece contaminada. Nos gatos ela é pura. É aquela vontade básica de tudo que é vivo de estabelecer algum contato com tudo que o cerca, o desejo de explorar um mundo que, por mais familiar que nos seja, acaba sempre se revelando exótico e sedutor, um país estrangeiro, mas que, por um breve instante de poder e liberdade, pode ser completamente nosso.

\*

Tenho um celular caríssimo. É um item essencial pra se tirar boas fotos de gato. Qualquer tremor e o modelo perde o foco. Fotografo os gatos mil vezes, uma pose vai prestar. Tiro uma foto e me alongo numa chaise, ou numa passadeira persa. É gostoso. Às vezes me arreganho numa cômoda, me espreguiço num sofá, na bancada de mármore da cozinha. Me arrepio, mas não paro, vou tirando as fotos. Uma atrás da outra. Gosto de pensar que meus clientes e seguidores, quando as veem e curtem, não têm como saber que aqueles gatos tão bonitos, tão entretidos, tão bem escovados por mim apreciavam, naquele exato momento, a minha nudez. Me agrada saber que, a partir de uma foto, passarei a existir também refletido e multiplicado em centenas de olhos felinos, espelhos sem fundo, esferas cristalinas, universos dentro de universos. E me agrada pensar que cada imagem do meu corpo nu viajará clandestinamente por

10 mil celulares, 100 mil celulares, 1 milhão de celulares, atravessando paredes e fronteiras, dando voltas e mais voltas no planeta, retornando a mim como um bumerangue de boas energias, sobrecarregado de emojis. Só os gatos merecem os corações da rede. Todos os corações.

*

Nu, ando pelas casas como um aventureiro das selvas. Molho as plantas, converso com elas, já cheguei a urinar numa espada-de-são-jorge. Farejo roupas, e até experimento minhas favoritas. Às vezes uma cueca, às vezes sutiãs e biquínis. Amo penteadeiras. Chapéus, joias, colares: tenho um fraco. Ternos também visto, embora não goste de esconder meus ombros. Prefiro roupas leves, mas minha paixão são os tecidos diáfanos, as transparências. Uma vez encontrei um vestido de noiva muito antigo, um negócio precioso, guardado numa caixa com naftalina. Não resisti e logo me enfiei nele, tendo o cuidado de não fechá-lo nas costas, era muito justo pra mim, e eu não queria estragá-lo, seria um pecado. Me achei atraente naquela tarde, casadoiro, diria a vó, tricotando, mas logo me arrependi daquela audácia. Acabei no postinho, quase morto, reação alérgica, tomei injeção e tudo. Desenvolvi uma dermatite crônica. Até hoje gasto uma fortuna na dermato. O preço dos hidratantes, dos cremes e corticoides, dos sabonetes neutros, quem diria? Bem feito pra mim!

*

Na casa de uma cliente, uma vez, havia uma biblioteca. Nunca tinha visto uma biblioteca de verdade antes, não na casa de alguém. Aquilo me emocionou. Não os livros em si. Os livros não me interessavam. Mas dentro deles encontrei muita coisa. Folhas de árvore, flores desidratadas, recibos de sapataria, cartões de advogados e contadores. Achei até dinheiro entre as páginas. Cédulas já em desuso. Uma delas me comoveu. Nunca gostei de poesia, mas quando li aqueles versos impressos na grana, sei lá, achei que a poesia podia ser mais comovente e útil do que eu julgava possível. Não sei, aquilo fez sentido pra mim. Era uma nota de 100 cruzados novos, a cara da Cecília Meireles de um lado, tão meiga e alaranjada, e, do outro, este mistério: "Sê o que o ouvido nunca esquece. Repete-te para sempre. Em todos os corações. Em todos os mundos". Todos os corações! Todos os mundos! Achei aquilo lindo, mesmo sem saber qual era a intenção original da Cecília. O que é que o ouvido nunca esquece, afinal? Sei lá. Mas o que interessa é o que a gente sente, e senti que aquilo era meu. Tomei posse do poema e o coloquei na descrição do meu perfil. Repete-te para sempre. Repete-te, repete-te, repete-te, te-te, te-te, te-te. Se eu fosse músico, um cantor famoso, seria esse o meu refrão.

*

    Nunca roubei nada. Acho que nem precisaria registrar isso aqui. Mas que não restem dúvidas: nunca roubo. Só mexo nas coisas e, às vezes, admito, as esfrego em partes do meu corpo. Mas nunca usei um sabão, um xampu, um perfume. Aqueles sabonetinhos em forma de rosa, por exemplo, acho uma graça, tenho vontade até de comer. Mas me controlo. Apenas os aproximo do nariz, e os passo pelo rosto, a seco, suavemente, do queixo às têmporas, de um lado a outro da testa, sobre o desenho da minha sobrancelha. Charutos, já tive volúpias de acender, mas é um desejo fácil de controlar. Não fumo. Então apenas os ponho na boca e faço caretas no espelho, finjo que sopro aros de fumaça na cara da sociedade. Os gatos me olham interrogativamente. Também não bebo. Seguro garrafas lacradas e taças vazias e desfilo com elas pelos corredores, como se andasse de saltos, o bêbado no tapete vermelho, o modelo na passarela, o líder do batalhão. Os gatos vão atrás. Uma vez, sim, exagerei: pendurei pérolas nos genitais. Não vejo mal nisso, embora não sinta orgulho. Não sou ladrão nem louco, as pérolas não sofreram qualquer dano. Sou apenas um homem curioso, interessado, vivo. Adoro estar vivo. Sinto prazer com essas miudezas, e esse prazer é minha única ponte de acesso ao mundo dos outros. O que eles têm, o que eles admiram, o que eles tocam, eu também posso tocar. Gosto de tocar em estátuas de santos. Anjos de bunda de fora. Gosto de cheirar bíblias amareladas, álbuns de fotografia, cola, mofo, pacotinhos de chá, potes de café. Ler cartas de gente que já morreu, lembrancinhas de recém-nascidos, missas de sétimo, dia das mães. Também investigo os exames de meus clientes. Hemogramas, radiografias, ecos, ressonâncias, DNA. Já os vi por dentro. Sei tudo sobre eles. Sei o que estocam em suas farmácias caseiras. Sei que drogas usam. Sei de seus filhos. Os bichos de pelúcia que mais abraçam. As bonecas preferidas. As enjeitadas. Os brinquedos que nunca usaram. Os desenhos na porta das geladeiras. As crianças boazinhas. As crianças más. As que ficarão loucas.

*

Uma vez, numa tarde de outono, me deitei nu num chão de tacos, com dois siameses. Dividimos, os três, a mesma réstia de sol. Tão bom que apaguei. Acordei com o interfone tocando, já noite. Era o porteiro, estranhando minha demora. Confessei que tinha dormido numa poltrona, num minuto de exaustão e descuido. Falei do excesso de trabalho, da crise pós-pandemia, contei pra ele que minha namorada tinha me largado na semana anterior, essas dificuldades que todo mundo conhece e compreende. Inventei tudo. Ele se condoeu e me perdoou, me contou que também já havia cochilado na portaria, e que também era corno, e que o pai dele tinha morrido de covid, a vida não estava fácil. Pobre homenzinho. Nunca contou nada ao proprietário.

*

E aí teve esse cara, o dono de uma grande rede de salões e barbearias. Fui cliente dele antes de ele ser meu cliente. De tanto me ouvir falar do trabalho, comprou um casal de gatos-de-bengala. Me chamou porque precisava ir pros Estados Unidos. Ficaria um mês fora, visitando um sobrinho. Insistiu pra que eu passasse todo aquele período na casa dele, cuidando exclusivamente de seus gatos. Ele morava num condomínio de gente muito rica, no Ecoville. Uma mansão de três pavimentos, com piscina, academia, churrasqueira, cinema. Tudo liberado pra mim. A condição: que eu pajeasse seus gatos como se fossem príncipes. Eles só não podiam brigar ou sair da casa. Me ofereceu um dinheiro que eu nunca tinha visto, e eu aceitei. Era até esquisito aceitar tanto dinheiro de alguém que eu considerava um amigo. Não parecia certo, mas roubo não era. A vó é que cismou com aquilo de eu pernoitar na casa de um cliente, disse que a intimidade é a irmã gêmea da indecência, que a riqueza não é confiável, que eu ligasse sempre que sentisse medo. Medo do quê? Pensando agora, acho que minha vó estava com ciúme, uma coisa até doentia.

*

Só o box do banheiro do quarto de hóspedes era maior que o galinheiro da vó na Vila Feliz. A hidromassagem, o salão de jogos, a sauna. A comida na geladeira e na dispensa, o ofurô no terraço, os roupões brancos. Tudo pra mim. Enquanto meu cliente me mostrava o imóvel, eu disfarçava o abalo. Os gatos me sacaram, temos uma conexão. Sabiam que eu estava emocionado. E prometi cuidar deles como se cuidasse de meus filhos. O resto não era comigo. Uma diarista viria toda sexta-feira, dar uma geral no lugar. Quanto à segurança, eu não precisava me preocupar. Havia todo um sistema de monitoramento por vídeo, câmeras por toda parte, guardiões. Eu podia ficar bem à vontade, o cliente garantiu. E só me fez uma ressalva: de todos os quartos da casa, havia um, apenas um, que eu devia manter constantemente fechado, não devia abri-lo jamais, nem ao menos lembrar que existia. Era um depósito de coisas velhas, pessoais, há muito tempo intocado, no fim de um corredor, e não valia a pena entrar lá. Segundo ele, isso não seria apenas desnecessário, mas até perigoso. Fingi compreensão, me despedi de meu amigo e, assim, eufórico, tornei-me o soberano daquele castelo.

*

Não vou me prolongar muito. Nas semanas seguintes, penei bastante. Passei dias e noites dentro de um robe. Ao menos a calefação da casa era perfeita. Vasculhei cada canto dela, mas somente com os olhos. As mãos embolsadas, os braços cruzados. Não abri uma gaveta sequer. Mas brinquei muito com os gatos, aquelas duas pequenas jaguatiricas, preguiçosas, magníficas, apáticas, nobres, que me renderam mais corações do que nunca. O sacrifício valeria a pena, avaliei. Fora o desconforto da vigilância, estava tudo em paz. Apenas precisei de muita concentração pra me abstrair do cômodo proibido ao fim do corredor. Os gatos, logo vi, sofriam da mesma obsessão. Passavam boa parte do tempo arranhando a madeira branca daquela porta, miando, querendo entrar, como se chamassem alguém. Farejavam o ar de boca aberta. Davam estalos. Espiavam pela fresta da soleira. Eu suava. Encostava o ouvido na madeira e tentava ouvir qualquer coisa lá dentro. Jamais toquei naquela maçaneta dourada, melhor evitar a tentação. E assim se passou quase um mês. Resisti.

\*

Até a noite em que tive o sonho. Sonhei que estava nu diante da porta interditada. Arranhava a madeira branca, ajoelhado. Miava alto. Assim como os gatos-de-bengala faziam, era como se eu mesmo também convocasse um tutor, um dono, uma divindade. Fiz isso durante horas. E então ouvi algo se mover atrás da porta. O barulho de uma chave sendo torcida. E vi a maçaneta dourada girar, lentamente. A porta se abrindo devagar, sem qualquer ruído. Alguém a abria pra mim. E o que vi atrás dela? Vi uma noite estrelada. O luar na copa do arvoredo. Vagalumes voejando entre o capim alto. Ouvi grilos e sapos. Das sombras da floresta ao fundo, milhares de olhos de gato me encaravam. Eu de quatro, paralisado por aquela visão.

Parecia o terreno baldio dos Taborda. Parecia o Matão da Ivone. Parecia o Éden. Tudo misturado. Eu não dei um passo adiante, sentia medo demais, lembrei da vó, mas aí vi quem segurava a maçaneta. Era o vô. Ele dizia pra mim, me olhando de cima: Vamos, piá, saia logo daí, vem comigo, vem, piá! Pensei em chorar, não sei se de pavor ou felicidade, e fiquei na dúvida, vou, não vou? No meio do capim, o Corcel estacionado, os faróis acesos, a mala escancarada. O velho repetiu a ordem, sargento que era, vem comigo, piá, e resolvi avançar de vez. Se não avancei foi por Deus, só por Ele. Senti duas patas no meu peito. Era um dos gatos-de-bengala, o macho, que me acordava de manhã, querendo que eu trocasse a sua água, ou limpasse a caixa de areia, ou lhe fizesse um carinho. Não sei como, mas sinto que aquele gato me salvou a vida.

*

Meu cliente voltou dias depois, e estou com ele até agora. Fiz a escolha certa. Moramos juntos no castelo. Aqueles dois gatos-de-bengala são, hoje, também os meus gatos. A porta permanece fechada. A vó mora sozinha na Vila Feliz, e desaprova o meu modo de viver. Ela acha que eu devia fazer faculdade, que eu devia largar a lida de gateiro, passar menos tempo nas redes, frequentar uma igreja, voltar a morar com ela. Mas a verdade é que a vó sempre foi uma mulher muito chata. Acho que era isso que eu tinha que admitir pra mim mesmo, era isso que a doutora queria que eu descobrisse quando me mandou escrever essas coisas sobre mim. É isso. Eu odeio a vó, e quero que ela morra, sempre quis. Velha ridícula, tudo culpa dela. Mania idiota de cevar passarinho.

# Licença, nada

*Ana Elisa Ribeiro*

— Bom dia, menina. — E continuava me observando de canto de olho.

Toda manhã, era o mesmo motorista. Parava um pouco fora do ponto para me deixar subir, sempre uns minutos atrasada para a escola. Eu ia dizer "gentilmente", mas não era isso. Eu sabia que era outra coisa. Vantagem para ele me ver subir a escada alta, de saia plissada curta, esbarrar na catraca, repuxar o tecido, sentar nas cadeiras perto, logo ali atrás dele. Mas não tinha cruzada de pernas. Isso aquele tosco só imaginava. Eu via bem a direção do retrovisor. Pior ainda a do canto do olho do velho.

O ônibus atravessava a cidade passando por ruas da periferia e pelo centro. Demorava coisa de 30 minutos até o meu destino. De novo, o motorista parava o carro meio fora do ponto para que eu descesse mais perto da entrada do colégio. No percurso, deixava que eu surpreendesse seu olho guloso várias vezes, pelo retrovisor interno e diretamente. Ele se virava para trás fingindo falar com algum passageiro conhecido. Na hora de descer, eu puxava a cordinha do sinal. Ele já sabia. Abria a porta traseira, dizia um Boa aula, menina, com os As mais esticados. Demorava a arrancar o ônibus. Era o tempo de degustar meu rebolado na direção do portão. Fingia que era cuidado. Nunca caí.

Se alguma amiga minha dissesse Que motorista educado!, eu diria, sem arrependimento, Que nada! Tarado mesmo.

Foi assim por mais de um ano. Um dia, deixou de ser. Entrei no ônibus pela manhã, rumo à escola, e quem dirigia o carro era outro cara. Esse, sim, mais novo e mais seco. Subi a escada, olhei ao redor, sentei no banco de sempre, direto na janela. Ninguém notou minha surpresa. Nem meu alívio, que durou pouco. Dois pontos depois, dei de cara com o motorista tarado subindo no busão. Pesadelo. Eu na cadeira dupla, de cara para a janela, e o lugar vago ao meu lado. Não tive tempo de escorar a mochila. Ferrou. Azar. Mudo de lugar. Antes da minha decisão, ele disse Bom dia, menina. O tom era quase o de sempre. Agora tinha um aspecto mais ameaçador. E se aboletou ao meu lado. Fiquei prensada.

Não respondi. Nunca respondia, nem com o olhar. Deixava o velho sozinho. O Bom dia dele me tirou do prumo. Atrevido além. Nem uniforme da empresa vestia. Estava de bermuda e roupa comum. Cabelo mais atrapalhado, o resto que lhe sobrava. Relógio grande e brega no pulso direito, meio frouxo. Mais um pouco e era o Sinhozinho Malta a que minha mãe assistia na tevê. Não tinha bigode. Tudo nele era ralo. Até a cor. Dei a ele um silêncio reprovador. Só que ele repetiu Bom dia, menina. Dessa vez mais enfático. Pensei que teria de fazer contato visual. Não fiz. Mas tive de dizer algo. Bom dia, motô. Foi o que saiu. Era como minhas amigas e eu chamávamos os motoristas de ônibus. Ele pareceu levemente desconfortável. Não esperava? Queria o quê? Bom dia, amor?

Os demais assentos tinham gente. Quase todos velhos, aproveitando a gratuidade da viagem. Gente jovem eram só alunos de escolas por ali. Nenhum colega da minha instituição. E uma senhorinha dormindo de roncar num banco atrás, ocupando o assento ao lado com sua imensa sacola de pano.

O sacolejo do ônibus não ajudava. Me atrapalhei com a mochila, mais pesada e estufada naquele dia. Nem Licença ele pediu para se sentar. Nem que saísse uma voz baixa, meio trêmula. Aquela situação não era brincadeira. Ele me dava um pouco de medo, acrescido de nojo. Qualquer menina saberia o que aquele tipo queria. Cumprimentar e ser educado é que não era.

Ele fez de propósito. Sentou-se no corredor. Eu espremida na janela. A saia não me favorecia, mas favorecia a ele. A mochila gorda atrapalhando os movimentos. Me incomodou e fui eu quem pediu Licença. Ele encolheu as pernas peludas. Só o tanto que me permitia passar com as minhas, grossas e lisas, na hora de sair. Eu sem querer me encostar. Ele encostou. Abria a perna um pouco mais do que o necessário. Encolhi o quanto pude. Grudei no vidro da janela. Sorte era poder olhar para fora, sem deixar de prestar atenção aos movimentos de dentro. O lotação balançava, passava em buracos, parava no semáforo, arrancava de uma vez, fazia um barulho ensurdecedor. Eu ali encolhida.

Até que escuto um Bom dia, menina, atrasada hoje? A voz rançosa saiu mais de perto. Um bafo na minha orelha. Café velho com Rexona.

— Oi...?

— Está mais atrasada hoje do que de costume?, ele reformulou.

— Não, tudo a mesma coisa.

Virei a cara. Mantive o olhar na rua, nos ambulantes lá fora, nos transeuntes apressados, no vendedor cego da lotérica gritando uns números, o cara de terno e pastinha.

— Está em que série?

Puxou assunto de novo. Fingi não ouvir. Mas aí insistiu e perguntou mais alto. Tive de dizer:

— Nono ano.

— Na minha época não tinha isso. Não sei a que série corresponde.

Nem eu. Não expliquei. O velho estudou noutro tempo, claro. Sei lá até que série. Eu não daria esse mole. Sem continuar o tema, talvez ele desistisse.

— Não sabe? Sua mãe deve ser da minha idade.

— Não sei. Minha mãe quase não estudou.

Aí achei que ele se constrangeu um pouco. Bola fora. Mas mantinha a perna encostada na minha, enquanto eu tentava me encolher feito um bicho. Será que esses tipos realmente acham que a gente gosta desse cheiro de desodorante barato? Contam vantagem por aí como se fossem garanhões. Quem avisa?

— Você é boa em Matemática?

A verdade é que até sou, mas não ia responder. O barulho da freada do ônibus pode ter ajudado a parecer que não ouvi. Um despropósito responder às investidas do motorista de folga.

— Você é boa em Matemática?, disse de novo.

Filha da mãe. Falou mais alto. Não teve jeito. Disse que Não. Dizer que Não me pareceu melhor recurso para cortar o assunto.

— Eu também não era.

E eu lá queria saber? Isso é carência, moço? Conversar a todo custo com uma menina que não dá papo? Minhas primas dão outro nome. Dizem que se chama assédio. Quando a gente se sente desconfortável, pode pôr a boca no trombone. Mas ele queria minha boca em outro lugar.

— Qual é seu nome, menina?

Meu nome. Devassou mais minha intimidade. Saber meu nome já era demais. Dei de distraída com a confusão da rua. Não ouvi e não ouviria. Não interessa meu nome. Só falta começar a me cumprimentar de manhã pelo nome.

— Não fala? Gato comeu sua linguinha?

Linguinha. Que nojo. Isso me lembrou o tio horripilante que tive. Ele fazia umas brincadeiras comigo e com minhas primas. Dizia que queria titilar a língua nos peitinhos da gente. E titilava. E a gente não podia contar nada para ninguém. E não contava. Mas rolava um medo e um nojo geral entre nós todas. Só acabou quando o tio foi encontrado morto, arrombado por um traveco raivoso. A vó chorava à beira do caixão, mas a gente, não. A gente só pensava que ele se fodeu.

Pensei em mentir meu nome. Arranjar um bem brega, junção improvável de dois. Mas nem pai eu tinha. Não sabia formar um nome assim. Um nome comum, tipo Maria. Mas é tão comum que soa falso.

— Não vai dizer o nome pro motô?

Insistiu em tom infantiloide. Encostou mais. Tocou minha coxa com a mão do relógio frouxo, dourado falso. Vi a aliança no dedo. Casado o filho da puta. O toque dos dedos me deu um arrepio estranho. Se a gente anda armada... Vi num filme uma moça enterrar uma faca e girar, para abrir ferida bem ruim. O ônibus sacolejou mais e todo mundo se balançou para cima uns dos outros. Ele aproveitou para vir para cima de mim. Segurou meu braço direito, como se fosse cair. Não ia. Senti o suor na mão dele. Uma baba? Me encolhi no limite. Perdi a paciência. Falei meio alto.

— O senhor tira a mão de mim e desencosta, faz favor?

Olho arregalado. Ele se surpreendeu. Não considerou que eu pudesse reclamar. A autoestima deles é impressionante. Afastou a perna e deu uma olhada discreta ao redor. Ninguém ouviu. Ele teve medo de ser flagrado assediando uma estudante. Eu podia ser filha dele, neta talvez. Mas manteve proximidade suficiente para sentir um calor nervoso que emanava de mim.

Lembrei do meu estilete. Na escola, a gente corta papel e EVA, mas toda ferramenta pode servir para muitas coisas. Um movimento e meu estilete ia cantar. Não chega a matar, mas incomoda.

Meia hora infinita, não passava nunca. Ele parecia ter estufado o peito. A barriga redonda caía por cima do elástico da bermuda.

— Tá chegando seu ponto, menina sem nome.

— Eu sei. Venho todo dia.

Dei a patada. Ele riu de canto de boca. Não estava acostumado? Me preocupava a hora de sair dali. Eu estava presa no canto e dependia dele para descer do carro. Não tinha para onde escapar. Segurar as barras ao máximo e achar uma distância segura, já que ele não desceria do banco para facilitar.

Meu ponto ia se aproximando. Alguém puxou a cordinha, desceriam junto comigo. Fiquei agradecida sem nem a pessoa saber.

— O senhor me dá licença?, fiz cara de desprezo.

Ele disse Claro, mas não deu. Não encolheu a perna, não desceu do banco, não virou as pernas para o corredor. Sabia que eu era refém. Tive de pular. Tive de me levantar, segurar a saia com uma mão, as barras com a outra e saltar aquele colo asqueroso. Vamos lá, para que fazemos Educação Física na escola?

Quando arqueei a perna direta para alcançar o corredor, senti a mão esquerda dele na minha bunda. Movimento preciso, rápido, em direção à calcinha branca, ágil. Não ia ficar assim. Era minha vez. Com a mochila pesada já nas costas, deixei que ela batesse forte na cara dele. Com zíper e tudo. Arrastei. Metais cavando sulcos naquela cara nojenta. Saí como se fosse acidente, mas esfreguei o tecido grosso nas fuças do velho. Voltei a perna e pisei no pé dele com meu calcanhar. Ele gemeu. Ouvi, tenho certeza. Gemeu de dor. Nisso, caíram-lhe os óculos. Pisei neles também.

– Ai, meu Deus, o senhor me desculpe!

Falsa. Dissimulada, como se fosse sem querer, um terrível acidente. O ônibus freou meio brusco na parada da escola. Ajudou a configurar a situação acidental. Fiquei num sem graça planejado. Ele com a cara vermelha, arranhado, de olhos bem abertos, furioso enrustido, querendo me esganar. Não esganou. E não sei como vai ser subir no carro toda manhã. Não darei Bom dia. Ele também não. Amém. Titile no raio que o parta.

# A noite do guarda-chuva

*Rogério Pereira*

Naquela época, eu não tinha tetas. O peito liso de menino desprovido deste calombo torto, troncho feito o pé manco do aleijado, um vulcão morto no meio do mundo, acidente geográfico a apontar o caminho da perdição – e como me perdi nesta cidade de ruelas nubladas por onde vagueiam vampiros banguelas e donzelas desavergonhadas. C. não é uma cidade, é um arremedo de inferninho disfarçado de paraíso. O pau está aqui, entre as pernas, quieto e imenso – sabiá do peito vermelho, orgulhoso das safadezas nos corpos de solitários maridos que ainda me procuram ali pertinho do Passeio Público. Eu, toda delicada, canelas finas de saracura do banhado, corpinho de corruíra assustada, com este pau enorme a balançar tal um pêndulo a medir o tempo que me resta. Imensa utilidade nos muquifos por onde me esgueirei em busca de moedas e aquele prazer safado, repleto de homens e mulheres, desgraceiras nesta vida de arribação. Mas o que me incomoda são estas malditas tetas. Não que não as quisesse. Pelo contrário, meu amor, você é meu amor?, desejava com sanha de putinha virgem um lindo par de tetas. Seios, diriam as bocas mais delicadas e pudicas. Mas esta minha vida não é feita de delicadezas. É bruta e suja. Mas veja como ficaram: tortas. Desgraçadamente tortas. Agora, não tem mais jeito.

Depois de tanto tempo, melhor mesmo é arriar as tristezas e seguir trotando no pasto seco desta maldição.

Filho, leva o guarda-chuva. A mãe disse com a boca banguela. Sem a dentadura, só conseguia chupar um picolé de uva ou manga, que escorria pelos lábios, lambuzava o queixo e, às vezes, manchava a camiseta que ganhara da patroa. A mãe parecia retardada mental. Apanhou muito do marido, meu pai, até o dia que o traste, como ela o chamava, ganhou o mundo nas curvas da sirigaita bunduda, enteada da costureira do bairro. As duas viviam no fim da rua, numa meia-água azul-céu. Duas biscates, dizia a mãe. Levaram teu pai, aquele salafrário infeliz, pelo vão das pernas. Não admitia, mas a brasa da saudade ardia em seu corpo, saudade da vida desprezível, dos socos e pontapés que levava do marido, um bêbado a trançar as pernas feito um bailarino epilético.

Tenho agora o corpo em decomposição – a rigidez da carne começa a me abandonar nas noites loucas e insones diante de homens disformes em hotéis ordinários. Num salto no escuro, o corpo distendido nas arruaças febris, de repente a flacidez toma conta das dobras, as pernas bambeiam, as mãos perdem a firmeza, o rosto se retorce e torna-se um estranho no espelho. Infelizmente, estou ficando velha, uma travesti velha, decadente e emotiva: ah! que saudades de quase tudo, inclusive da infelicidade, aquela crosta de solidão, que me acompanhava pelas ruas mal iluminadas de C. A gritaria na madrugada, a gilete escondida nos vãos do corpo. Qualquer diferença com o cliente e a confusão tomava conta da orgia. Mas me divertia, e muito, nas alturas do salto plataforma, a rebolar a bunda de bronze, sem esquecer a tristeza que me afogava o peito: esta maldita teta torta. Nem a flacidez precoce da pele deu jeito –

o bico a indicar que sempre andei pelas torturas desta vida, uma borboleta de asa quebrada, anjo caído nas tentações da carne. Quanta desilusão cabe num silicone desbeiçado? Maldito açougueiro, disfarçado de médico, a carnear um colibri de peito engruvinhado.

Um dia, o pai, meio bêbado, invadiu o banheiro. Eu, debaixo do chuveiro, me deliciava com os dedos lambuzados de cuspo e sabonete. O susto foi grande. Os olhos estalados não desgrudaram da monstruosidade em minhas mãos. Quando lembro disso – o olhar abobalhado do pai e as minhas mãos em frenético movimento – gargalho feito uma hiena abandonada na jaula. Nossa intimidade se resumia a assistir a jogos de futebol na tevê nos domingos modorrentos. Sentávamos no sofá de napa e ficávamos ali em silêncio. Na tela aquela manada de homens – coxas fortes, calções curtos, suados – correndo atrás de uma bola. Às vezes, o pai ficava feliz. Às vezes, triste. Até o dia que partiu com a sirigaita ancuda – eu era pouco mais que um menino meio calado e tímido. Nunca gostei de futebol.

De onde saíram aqueles dois? Feras sorrateiras à beira da rua de pouca iluminação, um mirrado facho de luz em alguns postes. A lâmina da faca a reluzir nas mãos. Delinquentes à espera de uma mísera vítima. O safanão na nuca atirou-me esparramado no chão. A descida no asfalto esburacado facilitou a queda. Entre o susto e a dor, antevia o fracasso. Não seria naquela noite que meu corpo de menino, mas um homem no meio das pernas, encontraria o gozo compartilhado.

O pai – a baba a escorrer – despejou na minha cara assustada: viadinho. A mãe amuou-se no canto da cozinha – o pavor a fervilhar nos olhos. A panela com o arroz requentado, nossa única testemunha. Eu, um viadinho assustado entre o fogão a lenha e a geladeira. Nunca quis seguir o pai, seus passos de bêbado, por aquela vida bruta. Isso o enfurecia, a delicadeza do filho de orelhas de abano e corpo de grilo, sempre com certa melancolia a contemplar o vazio dos dias. Para ele, eu era só um viadinho. Se soubesse que Sininho seria rainha nas noites de fuzarca, talvez sentisse orgulho do filho pervertido.

  Levei o guarda-chuva. O céu de domingo tingia-se de nuvens negras e pesadas. Era sempre igual: perto do fim de tarde, rumávamos para a danceteria – um lugar feio e barulhento, a alguns quilômetros de casa. Íamos num bando de jovens ruidosos e desengonçados. Todos com o prosaico objetivo de se divertir um pouco ao embalo de músicas de cujas letras desconhecíamos o significado, desinibidos aos goles de bebidas amargas e quase intragáveis, requebrávamos braços e pernas tal espantalhos ao vento. Aquele princípio dos anos 1980, agora na distância desta vida de loucuras, me parece algo por demais ridículo. Os meninos viviam à caça de uma boca para beijar, um peitinho recém-despontado para bolinar por sobre a camiseta, e, com sorte, alguém que os deixasse roçar o pau a latejar nas calças jeans. Eu tinha de ser igual a eles. Domingo a solidão dói mais.

  Mesmo decrépita, rumo à erosão total do corpo, ainda tenho todo tipo de cliente. Gosto mesmo do deputado gordinho. Ou seria vereador? Não importa, detalhe tolo. Nunca gostei nada de política. Ele é casado e paga bem. Muitos são casados, aliança robusta brilhando no dedo, filhos em escola católica particular – onde Deus tem a sanha do capeta pelas moedas de ouro – e mulher-madame a rodar de carrão pela cidade, com o amante a esperar no motel de beira de estrada. Tarde de semana é uma delícia fornicar na clandestinidade da família. Fico só imaginando o silicone bem colocado, as tetas bonitas, arredondadas, o mamilo no lugar certo, o cirurgião plástico a sorrir para mais uma teta bem-feita, modelada no mármore carrara. E eu a mirar estes montes destroçados, esculpidos a enxada sem fio. Dá uma tristeza danada. Mas nada disso importa. Os maridos são uns safados, sempre em busca dos carinhos da Sininho. Sim, tenho este apelido: Sininho. No começo achei meio idiota, coisa besta um apelido no diminutivo. Mas agora me parece tão lindo e meigo, soa bonito no ouvido do cliente. Me chama de Sininho, meu putinho – a rima me diverte. Foi meu homem, sujeito dos mais criativos, quem me deu. Uma tarde de domingo, aquele senhor do microfone no peito na tevê a distribuir dinheiro feito lavagem aos porcos, nós dois pelados na cama, um calorão estranho em C. – cidade fria dos diabos –, olhou-me inteira, parou os olhos no meu pau enorme, ali adormecido depois do amor, e disse no meu ouvido: Sininho. Até me assustei. Quem é essa tal de Sininho? É uma fadinha de história infantil, explicou com a voz meio amolecida pela maconha. De onde tirou isso, não perguntei. Aí, ficou lá brincando com as palavras na língua de muçum em rio barrento: fadinha, fodinha, fadinha, fodinha. Sempre penso nesse sininho que você carrega no meio das pernas, disse às gargalhadas, chapado e feliz. Meu sininho é uma bigorna. Meio bobo, esse meu macho, às vezes. Mas como me protege e me ama. Sujeito de palavra, sai no braço com qualquer um por minha causa. E até hoje nunca me bateu. O amor é isto: uma boa trepada e uns braços fortes a me proteger das violências das ruas. Meu macho é um sujeito divertido; e como beija bem – mete a língua inteira na minha boca, lambe a gengiva, os dentes, suga minha saliva com o desespero dos famintos. Que delícia. Ah, se a vida fosse só a safadeza gostosa com meu macho numa tarde de domingo! O deputado ou vereador um dia exigiu beijo na boca. Não, não e não, eu disse, fingindo indignação. Eu faço tudo, não sou de negar prazeres, até uso uns brinquedinhos, mas beijo na boca, jamais. *Jamais, mon amour*, me ensinou um professor de francês, mirradinho, o pobre, mas bem dotado como eu. Era engraçado olhar aquele homenzinho todo franzino com aquele badalo enorme. Só lhe faltava um belo par de tetas. Mas era delicado e sensível. Adorava conversar coisas inusitadas sobre filmes e livros. Eu não entendia quase nada, mas fingia. Nunca fui de leituras – não nasci para uma vida de faz de conta. O deputado virou o rostinho balofo e sussurrou, um cachorrinho pedindo osso, me beija na boca. Não é porque me paga 500 reais que ganharia a fúria da minha língua na dele – dois moluscos enlouquecidos em batalha. Não, meu amorzinho, eu disse com firmeza, mas sem desgrudar de suas ancas carnudas, todo feliz ali de quatro. O sininho a contar os segundos na tarde abafada de terça-feira.

 Eu bolinava os peitinhos por cima da camiseta, o dedo de leve nos mamilos arrebitados, ela um pouco mais baixa que eu, arredondada na cintura e com uns peitões, uma polaquinha assanhada. Caminhávamos abraçados, o braço direito caído sobre seu ombro, a mão a deslizar pelos seios – como eram macios! Lá na danceteria, ela disse você é magrelinho, mas dança tão gostoso. Eu só queria trepar, saber como era estar dentro de uma mulher. Precisava contar para todos. Afinal, o pau imenso era motivo de inveja entre a piazada. Ela estava encostada na parede perto das caixas de som quando a música lenta começou. Aquele era o momento da pegação. Uma revoada de machos percorria, com a ira bestial de um caçador, o salão em busca de alguém disponível. A bala de hortelã entre os dentes para disfarçar o hálito azedo do álcool. Logo, um enxame de casais tomava conta da pista. Um globo giratório no teto jogava luz para todo lado, deixando a cena ainda mais canhestra. Ela me olhou com interesse. Quando a enlacei pela cintura, senti um calor gostoso vindo dos peitos enormes. Foi a primeira mulher da minha vida. E deu tudo errado.

    Eu disse quero seios. Mentira. Disse quero tetas. Bem grandes e bonitas. Já estava nesta vidinha havia alguns anos, quando meu homem insinuou coloca umas tetinhas, vai ficar bem bonita. Fiquei ainda mais animada. Perdi o medo e fui. Meu macho comigo, até pegou na minha mão, aquela coisa melosa de casais que se amam e se protegem. O médico não era médico, um enfermeiro picareta que enfiava silicone nas travestis. A maioria, juro, ficava bem bonita, aqueles tetões redondos, bojudos, apontando para prazeres e dinheiro nas noitadas. Deu azar, disseram minhas amigas. Voltei lá, mas não teve conserto: a teta direita, esta maldita aqui, ficou bem torta. O mamilo, um boi vesgo sem pasto para saciar a fome. Que tristeza. Chorei horrores. Meu macho sempre ao meu lado a me consolar. Até me deu uma medalhinha de São Jorge. Deixe entre as tetas, vai te proteger, disse com amor. Que homem! Na cama, nas nossas intimidades bem sacanas, até brinca mais com a teta torta do que com a outra. Acho que é por pena, mas nunca comento nada. Medo de deixá-lo triste. Meu macho não merece tristezas nem aborrecimentos.

    Não eram fortes, os dois. Saíram das sombras. Espetos compridos e esguios, fantasmas. Na escuridão, o pavor infame a explodir entre minha mão e os seios. Ela, agarrada ao meu braço, despregou-se no primeiro golpe. Cristo despenca com facilidade da improvisada cruz. E o que seria de mim, um menino magricelo? Some daqui, gritaram. A Lua esparramada, pelos vãos das nuvens, anêmica a iluminar o medo, o uivo desesperado da polaquinha – eu faço o que quiserem, só não me matem, não me matem. Morcegos à espreita nas árvores, o gozo como salvação. Eu faço tudo. Braços e mãos – polvos agonizando no deserto. Eu corri, um menino de cabelos escorridos na testa, o guarda-chuva na mão direita. Não era uma espada, era um mísero guarda-chuva. Filho, leva o guarda-chuva. Não choveu. Lá no céu, em algum lugar distante, São Jorge com sua espada a cavalgar solitário.

# 99 daltônicas

*Marcelino Freire*

**[01]**

A saudade já estava aqui quando cheguei.

**[02]**

Mataram o salva-vidas.

**[03]**

Nasci assim: capim.

**[04]**

Coloco a camisinha
e fico esperando você chegar.

**[05]**

Só as xícaras quebradas voam.

**[06]**

No fundo do mar nosso navio.

**[07]**

Todo dia eu me lembro de você.
Menos hoje.

**[08]**

Aquele cachorro balançou
o rabo para mim.

**[09]**

O adeus é o que fica.

**[10]**

Já sei o passado que me aguarda.

**[11]**

A minha televisão liga
e desliga sozinha.

**[12]**

Eu gostaria de descobrir a cura.
Para não me curar.

**[13]**

Se foi amor se foi.

**[14]**

Rosa disse sim
ao anão do jardim.

**[15]**

Um a menos.
Conta o coveiro.

**[16]**

Esse girassol
não é bom da cabeça.

**[17]**

Nada sem resposta
uma bosta.

**[18]**

No meio do caminho
uma minhoca.

**[19]**

Caiu da árvore
e virou semente.

**[20]**

Quando o sol entrou no quarto
eu já estava morto.

**[21]**

– O que é iiiiiiissoooooo, padre?
– O pecado, meu filho.

[22]

– Diz que me ama.
– Aí é mais caro.

[23]

– Quem é meu pai, mãe?
– O dinheiro.

[24]

Eu sou o sonho de um cão.

[25]

Tinha idade para ser sua neta.
E o pior que era.

[26]

Adeus ao Diabo.

[27]

– Em qual gênero você escreve?
– Gênero humano.

[28]

Escritor marginal
mata escritor imortal.

[29]

– Posso enfiar o dedo no seu cu?

– Seu dedo está limpo?

[30]

Pedi um minuto de silêncio.
E peidei.

[31]

Toda vez que eu te vejo
eu fecho os olhos.

[32]

Quem você pensa que é
quando está pensando?

[33]

Se existe vida após a morte
de que adianta se matar?

[34]

– Que dia é hoje?
– Hoje.

[35]

Eu sou pobre
de felicidade.

[36]

– O senhor sempre vem aqui?
– Só quando alguém morre.

[37]

As linhas tortas de Deus
o Diabo é quem conserta.

[38]

Pe. Dófilo.

[39]

Fodia e noite.

[40]

Ponteiro de relógio
tem mania de perseguição.

[41]

Saudades de chamar
seu nome pela casa.

[42]

Eu não te amo mais.
Disse logo no primeiro encontro.

[43]

– Você parece meu filho que já morreu.
– Mas eu ainda não morri, mãe.

[44]

Eu tiro a roupa

e você passa o PIX.

[45]

Se Eu não acreditar em Mim,
quem vai acreditar?

[46]

– Desde quando você mora aqui?
– Desde que morri.

[47]

Advogado do Diabo
pede habeas corpus.

[48]

Deus entrou para o
Movimento dos Sem-Terra.

[49]

Por precaução, tirou o
Menino Jesus do altar.

[50]

As árvores se vingam
caindo em cima dos carros.

[51]

Só para o corpo, boiando morto,
parou de chover.

[52]

De dentro do ovo
para dentro da gaiola.

[53]

Tá cagando para a cidade
a dona do cachorro.

[54]

A próxima revolução
também será poética.

[55]

Noite Feliz.
Quando acaba.

[56]

Abaixo do umbigo
um bigode.

[57]

Se você acha que não escreve nada
ele acha que escreve tudo.

[58]

A ideia é a primeira
que se aposenta.

**[59]**

Tudo já foi frito.

**[60]**

Asilo é o hospício do amor.

**[61]**

No coração da árvore
deu cupim.

**[62]**

O amor não tem preço.
É o preço que se paga.

**[63]**

Pedi que ele desse um tempo.
Nem isso ele deu.

**[64]**

Um mendigo entende mais de amor
do que de fome.

**[65]**

Faça amor.
Não, faça guerra.

**[66]**

Devia nascer uma mãe
quando uma se vai.

[67]

Meu pai agora sou eu.

[68]

O amor estraga
qualquer romance.

[69]

Não cospe, porra,
engole.

[70]

Apaga meu fogo
com a língua.

[71]

Se eu soubesse
que iam chorar tanto
teria me matado antes.

[72]

Diz que ama São Paulo
mas só quer sexo.

[73]

Assim que fecharam o caixão
meu coração voltou a bater.

[74]

— Por que você nunca diz eu te amo?
— Porque você nunca diz eu te amo.

[75]

O primeiro amor da minha vida
sou eu.

[76]

O amor nasce e morre
na infância.

[77]

Vou gozar.
Avisei para mim mesmo.

[78]

Um coração não precisa bater
para a gente ouvir.

[79]

Doeu lírico.

[80]

Olhai as minhocas do campo.

[81]

A palavra mora onde você se esconde.

[82]

Dê homem
para homem.

[83]

Foram defeitos
um para o outro.

[84]

Moral da história:
fodeu.

[85]

O melhor daquele livro
era o cheiro de papel.

[86]

Meu pensamento sabe
onde você está.

[87]

A solidão é uma
camisinha na carteira.

[88]

A morte é uma vida longa.

[89]

Queria morrer só para ir para o inferno.

[90]

Anda de olho
na minha cabeça o piolho.

[91]

– E o peixe?
– Nada.

[92]

O casal de bêbados sempre pensa
que está numa suruba.

[93]

– Me come, vai.
E a terra comeu.

[94]

Cama redonda.
Casal quadrado.

[95]

Dinheiro suado
é o mais limpo.

[96]

De que adiantava falar tantas línguas
se não ouvia ninguém?

[97]

– Você está esperando mais alguém?
– Sim, os assaltantes.

[98]

Perguntaram a Dalton Trevisan
por que ele não dava entrevista.

[99]

– Por que você escreve curto?
– Porque nunca gostei de números redondos.

# Sem mais perguntas

*João Anzanello Carrascoza*

É você, filho? Por que está entrando pelos fundos? Não lembro se te dei uma chave de lá, mas você pode ter feito uma cópia, certo? Você sempre entra pela porta da frente, não é? Quantas vezes, deitada nesta cama, não ouvi você chegar da rua? Até perdi a conta, e eu aprendi a perceber os seus movimentos no silêncio, você está parado aí, não está? Eu posso sentir a sua presença, mas por que você não acendeu a luz da cozinha? Também acho que nem é preciso, o luar está tão forte, você viu o tamanho da lua? Antes de dormir, fiquei a admirá-la pela janela da sala, tão grande e bonita como naquelas noites em que a gente punha as cadeiras na calçada, você lembra? Seu pai ainda estava entre nós, a cidade era pacata, quase não havia roubos, o medo não entrava nas casas, eu ainda não tinha esse problema no joelho, ou tinha? Minha memória era um dia claro, mas, nos últimos tempos, virou essa névoa grossa, ontem mesmo eu me esqueci de recolher as roupas no varal, não foi? Sorte que não choveu, ou choveu? Mesmo com esse luar, melhor acender a luz, somos uma família de míopes, não é o que você, brincando, sempre diz? Aqui nem o Bob enxerga direito, logo ele estará cego como todo cachorro velho, você notou os olhos dele? Parecem vidros sujos, a idade vai depositando neles camada sobre camada de escuridão, e não há o que fazer, nunca voltarão a ver como antes, igual a nós, que, às vezes, tocamos de raspão nesse assunto, mas logo mudamos de conversa, afinal, pra que falar do que não tem remédio? O Bob não latiu, não é esquisito? Ultimamente, ele late pra qualquer um, até pra mim, não reconhece mais ninguém, só depois de cheirar um tempão os nossos pés é que ele se acalma, outro dia ele te estranhou, não foi, filho? Pois é, o faro também começa a falhar, se bem que te conhece desde criança, lembra quando ele chegou no bolso do paletó de seu pai, tão pequenino? Quem diria que ia virar o nosso cão de guarda? Se bem que hoje o Bob não serve pra mais nada, aquele temor todo que impunha desapareceu, você não acha? Eu mal ouço os seus passos, você sempre evita fazer barulho pra não me acordar, mas agora está diferente, nem parece que pisa na sua própria casa, estou errada? Serão mesmos seus esses passos sorrateiros? Você andou bebendo? Não, tenho certeza que não, não sinto hesitação em seu andar, você já está na sala agora, posso sentir, não está? Por que não acende a luz? O luar ilumina a cozinha, mas não a sala, eu fechei bem a janela e corri a cortina, que barulho foi esse? Você tropeçou na ponta do tapete? Esbarrou no sofá? Você é desajeitado como o seu pai, vai negar? O silêncio vibra, sei que resolveu parar um instante no corredor, pensei que fosse direto pro seu quarto, será que você precisa de mim? Alguma coisa urgente, que eu possa ajudar? Você nunca vem ao meu quarto, sou sempre eu quem vou ver se você está dormindo bem, se precisa de coberta, o que será que te aconteceu hoje? Ouço a fechadura da porta se mover, pode entrar, mas está muito escuro, eu não vejo direito o seu vulto, filho, é você mesmo? Não sei por que você não me responde. Você apenas atravessa a penumbra que nos separa e, agora, se aproxima da minha cama, você parece mais alto do que realmente é, mas deve ser só impressão minha, sim, a nossa família é de míopes, com essa membrana de treva à minha frente eu mal consigo distinguir os seus traços, mas percebo que há algo em sua mão, o que é isso, filho? Uma faca?

# Sobre os autores

**Adelaide Ivánova** é pernambucana, jornalista e ativista do direito à moradia em Berlim, onde vive desde 2011. Iniciou a carreira em 2004, no *Jornal do Commercio*, de Recife, e entre 2006 e 2023 colaborou com o *Suplemento Pernambuco*. Em 2018, ganhou o Prêmio Rio de Literatura por seu segundo livro de poesia, *o martelo*, publicado em sete países e traduzido para 10 línguas. Em 2025, recebeu o Prêmio APCA de melhor livro de poesia por *ASMA*, publicado em 2024 pela Editora Nós.

**Ana Elisa Ribeiro** nasceu em Belo Horizonte (MG). É autora de livros de conto, crônica, poesia, infantis e juvenis. Participa de eventos e antologias no Brasil e no exterior, é cronista e resenhista do jornal *Rascunho*. Publicou o volume de contos *Causas não naturais*, pelo selo Autêntica Contemporânea, pelo qual foi indicada na semifinal do Prêmio Jabuti em 2024. É linguista, professora do Centro Federal de Educação Tecnológica de Minas Gerais (Cefet-MG) e editora.

**Caetano W. Galindo** nasceu em Curitiba (PR), onde mora com dezenas de instrumentos musicais carentes, milhares de livros não lidos, um Leopoldo canino e uma esposa que não merece. É professor titular da Universidade Federal do

Paraná (UFPR). Traduziu dezenas de livros e escreveu sua meia dúzia. Ele é pai de sua própria Beatriz.

**Carlos Marcelo** nasceu em João Pessoa (PB). É jornalista e escritor. Formado em Comunicação Social pela Universidade de Brasília (UnB), escreveu os livros *Renato Russo: o filho da revolução* (2009), *O fole roncou! Uma história do forró* (2012), *Presos no paraíso* (2017), *Os planos* (2021) e *O escutador* (2025). Diretor de redação do *Estado de Minas* desde 2015, é editor do suplemento literário *Pensar*.

**Cristhiano Aguiar** nasceu em Campina Grande (PB). É escritor, professor e crítico literário. Formado em Letras pela Universidade Federal de Pernambuco (UFPE), é professor do Programa de Pós-Graduação em Letras da Universidade Presbiteriana Mackenzie. Seu livro de ficção *Gótico nordestino* (Alfaguara; Companhia das Letras) venceu o Prêmio Clarice Lispector de Melhor Livro de Contos da Biblioteca Nacional em 2022.

**João Anzanello Carrascoza** nasceu em Cravinhos (SP). É autor de romances (*Inventário do azul* e *Trilogia do adeus*) e diversos livros de contos (*Aquela água toda* e *Tramas de meninos*). Suas histórias foram traduzidas para o bengali, o croata, o espanhol, o francês, o inglês, o italiano, o sueco e o tâmil. Recebeu os Prêmios Jabuti, FNLIJ, FBN, APCA, Cátedra Unesco, Candango, Radio France e White Ravens.

**Luci Collin** nasceu em Curitiba (PR). É escritora, educadora e tradutora. Tem mais de 20 livros publicados, entre os quais *Querer falar* (finalista do Prêmio Oceanos em 2015),

*A palavra algo* (poesia, Prêmio Jabuti em 2017), *Rosa que está* (finalista do Prêmio Jabuti em 2020) e *Dedos impermitidos* (contos, Prêmio Clarice Lispector da Biblioteca Nacional em 2021).

**Luís Henrique Pellanda** nasceu em Curitiba (PR). Escritor e jornalista, é contista e cronista, autor dos livros *O macaco ornamental*, *Nós passaremos em branco*, *Asa de sereia*, *Detetive à deriva*, *A fada sem cabeça*, *Calma, estamos perdidos*, *Na barriga do lobo*, *O caçador chegou tarde* e *A crônica não mata*. Organizou a antologia *A intensa palavra*, com 150 crônicas inéditas de Carlos Drummond de Andrade.

**Marcelino Freire** nasceu em Sertânia (PE). É autor de obras como *Contos negreiros* (vencedor do Prêmio Jabuti em 2006) e o romance *Nossos ossos* (Prêmio Machado de Assis da Biblioteca Nacional em 2014). É editor e criador da Balada Literária.

**Mateus Baldi** nasceu no Rio de Janeiro (RJ). Mestre em Literatura, Cultura e Contemporaneidade (PUC-Rio), é autora de *Os anos de vidro* (Nós, 2025) e *Formigas no paraíso* (Faria e Silva, 2022), e organizadora da antologia *Vivo muito vivo: 15 contos inspirados nas canções de Caetano Veloso* (José Olympio, 2022).

**Noemi Jaffe** nasceu em São Paulo (SP). É doutora em Literatura Brasileira pela Universidade de São Paulo (USP) e crítica literária. Coordena o centro cultural A Escrevedeira. É autora de *Lili*, *A verdadeira história do alfabeto* (vencedor do Prêmio Brasília de Literatura), *O que ela sussurra*, entre outros.

**Rogério Pereira** nasceu em Galvão (SC). Em 2000, fundou o jornal de literatura *Rascunho*. Entre 2011 e 2019, foi diretor da Biblioteca Pública do Paraná. É autor dos romances *Antes do silêncio* (2023) e *Na escuridão, amanhã* (2013), ambos finalistas do Prêmio São Paulo; e da coletânea de narrativas *Toda cicatriz desaparece* (2022). Tem contos publicados na Alemanha, na França e na Finlândia.

**Veronica Stigger** nasceu em Porto Alegre (RS) e tem 14 livros publicados. Entre eles, estão *Opisanie świata* (2013), *Sul* (2016), *Sombrio ermo turvo* (2019) e *Krakatoa* (2024). Com *Opisanie świata*, seu primeiro romance, recebeu os Prêmios Machado de Assis, São Paulo (autor estreante) e Açorianos (narrativa longa). Com *Sul*, ganhou o Prêmio Jabuti. *Sombrio ermo turvo*, por sua vez, foi finalista dos Prêmios Jabuti, Oceanos, AGEs e Minuano.

Este livro foi composto com tipografia Adobe Garamond Pro e
impresso em papel Off-White 80 g/m² na Formato Artes Gráficas.